# VORACE

LE RANCH DES LOUPS
TOME 9

RENEE ROSE

VANESSA VALE

## RÈGLE N°9 DE LA MEUTE : LE DESTIN PASSE EN SECOND PLAN POUR UN PÈRE CÉLIBATAIRE

Je n'ai pas déménagé à Cooper Valley par amour.

Je suis ici pour élever ma fille en paix, travailler à Wolf Ranch et faire en sorte que mon loup reste tranquille.

Je n'ai pas de temps pour les distractions ou les complications. Et certainement pas les deux à la fois sous la forme d'une femme.

Ma nouvelle voisine est adorable, sexy et absolument inaccessible.

Joy a toujours un chignon un peu défait et un rire qui fait fondre la glace.

Avec elle, ma fille est plus heureuse que je ne l'ai jamais vue.

Elle me rend fou de désir.

Elle est le soleil. Je suis un nuage orageux.

Je me dis que je suis trop bourru, trop grincheux, trop occupé par mon rôle de père pour la désirer.

Mais mon loup se moque des règles. Il pense qu'elle lui appartient.

Il sait à son odeur qu'elle lui est destinée... *et son goût est encore plus délicieux.*

Comment lui résister ? J'ai beau essayer, il semble que le destin a décidé pour moi.

# 1

WES

JE FERMAI le robinet et fis coulisser le rideau de douche. La vapeur avait embué la petite salle de bains et recouvert le miroir. Je m'avançai sur le tapis de bain, attrapai une serviette–l'une des serviettes roses de Remy–et commençai à me sécher.

Déménager était toujours compliqué. Déménager quand on était un papa célibataire avec un enfant de quatre ans, c'était encore plus difficile.

J'avais trouvé les draps, les casseroles, les articles de toilette. Toutes les choses importantes. Mais le carton rempli d'animaux en peluche avait disparu ou, du moins, n'avait pas encore été extirpé de la pile qui remplissait encore le salon.

Ce carton introuvable avait été une source de colère. Et continuait de l'être.

J'avais demandé à Remy de s'asseoir dans son siège surélevé pour qu'elle colorie sur la table de cuisine pendant que je prenais une douche pour me débarrasser de la sueur et de la saleté causées par le déplacement des cartons et des meubles.

Comme j'étais un métamorphe, soulever des choses lourdes était facile, mais en juillet, ça faisait quand même transpirer.

Je passai ma serviette sur le miroir, puis me frottai les cheveux.

En regardant mon reflet à moitié embué, il m'était impossible de ne pas remarquer à quel point j'avais l'air fatigué. J'étais père de famille, pas grand-père.

J'avais pris un jour de congé pour déménager, mais il fallait bien que je prépare le dîner de Remy. Son bain. Que je trouve le carton de peluches qui avait disparu. De plus, je devais être à Wolf Ranch à l'aube. Mes responsabilités, ici à la maison et au ranch où j'étais contremaître, ne s'arrêtaient jamais.

— Manger, grommelai-je à moi-même. Tu as besoin de manger, de boire une bière et regarder un truc à la télé qui ne soit pas un dessin animé ou une histoire de princesse.

J'enroulai la serviette autour de ma taille. C'était un

peu juste. Je baissai les yeux. Je n'étais pas fait pour utiliser une serviette rose pour enfant.

— Remy, ça te dit des hamburgers pour le dîner ? lançai-je.

Elle ne répondit pas, ce qui était surprenant, car même si elle était toute petite, elle adorait manger. Et comme c'était une petite louve métamorphe, elle adorait la viande. Elle aimait aussi parler. À moi. À elle-même. À ses peluches.

— Remy ?

Je me dirigeai dans le couloir, loin des chambres, la main sur la serviette que je tenais à la hanche.

La maison de plain-pied que j'avais achetée se trouvait en ville, sur un beau terrain. Je l'avais choisie parce qu'elle avait été entièrement rénovée–tout était neuf–ce qui signi- fiait que je n'avais pas à passer du temps à réparer des robinets qui fuyaient ou à moderniser une salle de bains vétuste. Elle était parfaitement située pour emmener Remy à l'école, sortir avec ses amis quand elle serait plus âgée, et faire toutes les activités pour les enfants que la vie isolée dans un ranch ne permettait pas de faire. J'avais attendu pour acheter une maison et sortir nos affaires de l'entrepôt, j'avais voulu être sûr que tout se passait bien avec mon nouveau travail et ma nouvelle meute.

Apparemment, nous avions décroché le gros lot avec la meute du Wolf Ranch. Ils nous avaient accueillis comme si nous faisions partie de la famille, et non comme de parfaits étrangers, également métamorphes.

Une certaine routine et un environnement chaleureux étaient le changement dont Remy et moi avions eu besoin après avoir passé six mois de l'année sur le circuit des rodéos. De plus, l'atmosphère était devenue bizarre dans notre meute. J'avais entendu dire que la mère de Remy était revenue, et je ne voulais pas qu'elle perturbe notre fille. Je ne voulais même pas que Remy la rencontre.

C'était déjà assez difficile d'expliquer à ma fille pourquoi sa mère n'était pas là. Je ne voulais pas que notre louve ressente encore plus cet abandon si elle rencontrait sa mère et que cette dernière repartait à nouveau. Être abandonnée à l'âge de trois semaines était une chose, mais une enfant de quatre ans se souvenait de tout. Et de tout le monde.

— Remy ?

Comme elle ne répondait pas, j'accélérai le pas et fronçai les sourcils. La cuisine était vide. Son coloriage était sur la table, les crayons éparpillés sur la surface en bois.

— Remy ! l'appelai-je à nouveau.

Elle devait être en train de jouer à cache-cache avec moi. Ou bien elle était absorbée par son jeu fantaisiste du moment. Ou peut-être s'était-elle endormie parce qu'elle s'était épuisée avec sa crise de nerfs à cause des peluches.

Mais lorsque je parcourus rapidement chaque pièce sans la trouver, les poils de ma nuque commencèrent à se dresser.

Putain de merde.

Elle ne serait pas sortie de la maison. Avec tous les changements survenus ces derniers temps, elle était devenue plus attachée à moi. Elle ne voulait pas me quitter. Elle avait même pleurniché quand je l'avais laissée pour aller prendre une douche.

Maintenant, mon rythme cardiaque s'accélérait. Mon loup intérieur devenait agité. Il faisait les cent pas. Nous n'aimions pas ne pas savoir où se trouvait notre louve. Nous voulions savoir si elle était en sécurité.

Je haussai la voix jusqu'à crier.

— Remy ?

Et si quelque chose lui était arrivé ? Bon sang ! Où était-elle ?

Je me retournai et courus d'une pièce à l'autre, cherchant plus minutieusement cette fois-ci, ouvrant les placards et regardant sous les lits au cas où elle jouerait à un jeu.

Où était ma fille, putain ?

Merde. Quelqu'un était-il entré et l'avait-il emmenée ? Était-elle sortie par la porte d'entrée ?

— Remy Marie, si tu te caches de papa, je veux que tu sortes tout de suite. Tu te caches trop bien.

Rien.

Une poussée d'adrénaline m'envahit. Si quelqu'un avait touché à ma louve, mon loup allait le mettre en pièces.

Je me dirigeai vers la porte d'entrée. Elle était fermée à clé. Je me dirigeai vers la porte de derrière. Merde. Pourquoi n'avais-je pas remarqué qu'elle était ouverte de quelques centimètres ?

Putain, putain, putain !

Je l'ouvris en grand, sortis sur la terrasse et examinai la cour. C'était un vieux quartier, il y avait donc des arbres et des arbustes bien établis. L'espace n'était que partiellement clôturé. Putain, demain, j'allais faire installer une vraie clôture pour qu'elle ne puisse pas sortir.

Mais pour l'instant, je ne savais pas où elle était. Je me passai une main dans mes cheveux humides.

Et si elle s'était perdue ? S'était égarée dans les embouteillages ? Et si elle avait été *kidnappée* ?

— *Remy* ! beuglai-je en l'air.

Ma voix avait le timbre menaçant d'un loup en panique. On parlait souvent des mamans ourses qui protégeaient leurs petits. Ce n'était rien comparé à ce que ferait un papa loup si quelqu'un osait toucher à son petit.

— Par ici, papa !

Mon Dieu. Sa petite voix résonna dans l'air de l'après-midi d'été. Elle provenait de la cour du voisin.

Merci, bordel. Mon loup poussa un hurlement de soulagement. Je soupirai, mais mon cœur continuait de tambouriner dans ma poitrine.

J'étais rassuré, mais furieux parce qu'elle m'avait fait une peur bleue. Je l'avais laissée en train de colorier devant la télé quand j'étais parti me doucher. Elle était toujours restée à la maison auparavant. Pas une seule fois, elle n'avait bougé.

Mais c'était la première fois qu'on se retrouvait dans cette nouvelle maison.

Je traversai la cour en trombe, me glissai sous la branche basse d'un frêne et me faufilai autour d'un buisson de lilas.

Là, assis sur le perron en béton du patio arrière de la maison voisine, se trouvaient Remy et une jeune femme. Elles riaient et mangeaient des bâtonnets de glace, putain.

La jeune femme leva les yeux vers moi avec un large sourire à fossettes.

— Coucou, papa, dit Remy d'un ton radieux.

## 2

JOY

Q<small>UAND ON VIT</small> dans le Montana, il n'est pas rare de voir un animal sauvage débouler dans les sous-bois. Mais un homme musclé et tatoué ne portant rien d'autre qu'une minuscule serviette rose autour de la taille, fut une vraie surprise.

Surtout un homme aussi séduisant.

Merde, il était vraiment beau.

*Cet homme* était le papa de Remy ?

Il était roux. De partout.

La serviette ne cachait pas grand-chose, parce qu'elle était petite. Elle était rose et avait... des fraises brodées aux extrémités. Je supposais qu'elle appartenait à Remy.

Cela contrastait avec sa taille et sa virilité. Plus d'un

mètre quatre-vingts, une carrure solide. Musclé. Large d'épaules. Et, vraiment musclé. Des abdominaux que l'on aurait pu escalader. Oh, ces muscles ! Il avait des cuisses comme des troncs d'arbre.

Et sous la serviette... c'était énorme aussi.

Cette serviette était peut-être parfaite pour une petite fille de quatre ans. Mais sur ce type, TOUT était soit carrément visible, soit très distinctement dessiné sous la serviette.

J'en avais l'eau à la bouche, et le soleil devint soudain encore plus chaud qu'avant. Je mis le bâtonnet dans ma bouche dans l'espoir de me rafraîchir.

Son regard suivit mon geste avec un regard perçant.

— Coucou, papa ! répéta Remy. C'est Joy. On mange des glaces.

Elle rebondit légèrement sur le perron, tellement elle semblait excitée.

Sa fille était si mignonne. Et intelligente. Je savais maintenant d'où elle tenait ses cheveux roux.

— Je vois ça.

Il se rapprocha de nous à grands pas, ce qui aurait dû être impossible pieds nus, mais il y parvint néanmoins sans problème.

Je dus pencher la tête en arrière pour pouvoir garder les yeux sur lui et non sur le reste de son physique d'Adonis. Je pouvais même voir ce V sur ses hanches, comme ceux des mannequins hommes. Son visage se radoucit lorsqu'il s'accroupit devant moi, et cette serviette...

Mes yeux me sortaient pratiquement de la tête quand j'aperçus sa bite. Sa grosse bite, épaisse et incroyablement...attirante.

Il dut se rendre compte que sa serviette ne fonctionnait pas au moment où je me raclai la gorge. Il se remit debout et tint fermement le nœud sur sa hanche.

— Mon bébé, tu ne peux pas quitter la maison sans moi, dit-il d'un ton bourru.

— Je ne voulais plus colorier, se justifia Remy, j'ai entendu Joy qui chantait, alors je suis sortie. Elle habite ici. Elle fait de la pâte à modeler dans le garage. Tu veux voir ?

Il fronça les sourcils comme si j'essayais de l'attirer chez moi ou un truc du genre.

— Elle la peint et la met dans un four. Ça a l'air tellement amusant ! Elle va me laisser en faire si tu es d'accord.

Le papa sexy, que j'avais soudain envie de baiser, grogna. Je ne savais pas si ça voulait dire oui ou non.

Bizarrement, son air mécontent le rendait d'autant plus attirant à mes yeux. Je ne savais pas pourquoi—peut-être que je trouvais que les grincheux étaient un défi à relever ou quelque chose du genre.

Je n'étais jamais attirée par les hommes charmants et sympathiques qui s'intéressaient à moi. J'étais comme un chat qui savait exactement quelles personnes ne les appréciaient pas, et qui ne consacrait son énergie et son affection qu'à ces personnes. Inutile de dire que j'étais célibataire à cause de cela.

— Ses cheveux ne sont pas roux comme les miens, poursuivit Remy. Elle ressemble à une princesse et ses cheveux sont comme dans le livre qu'on a lu, de l'or filé, et aussi dans le film. Qu'est-ce que ça veut dire l'or filé ? Est-ce que c'est vraiment de l'or ?

Cette fillette était pleine d'énergie. Lui donner une glace n'avait peut-être pas été une très bonne idée, mais elle était entièrement naturelle. À la framboise, mon parfum préféré. Et je l'avais coupée en deux, pour que nous le partagions. J'avais pensé qu'elle ne pourrait pas en manger une en entier par cette chaleur avant qu'elle ne fonde sur elle. J'avais eu raison, parce que la moitié avait fondu et recouvert son visage et sa main droite.

— La glace est un sorbet totalement naturel, sans sucre ajouté, lui dis-je. Je suis désolée, j'aurais dû vous demander d'abord, mais elle a dit qu'elle n'avait pas d'allergies alimentaires et que vous étiez sous la douche.

Je n'aurais probablement pas dû me le rappeler, car cette pensée incita mon regard à parcourir une nouvelle fois son corps presque nu, à la recherche de gouttes d'eau. Je me demandais s'il aimerait avoir un peu d'aide la prochaine fois.

Je pourrais–c'était sérieusement envisageable–tenir le savon, par exemple.

Il se contenta d'un grognement. Et me fixa d'un regard intense.

Il prit une grande inspiration, comme s'il essayait de se calmer.

Puis il détourna le regard.

Je présumais qu'il était furieux à cause de la glace.

Zut.

M'ignorant, il dit :

— Remy, tu ne peux pas partir comme ça. Je ne savais pas où tu étais. Et tu ne devrais jamais accepter de nourriture des étrangers que tu ne connais pas, ajouta-t-il en me lançant un regard noir.

Elle tourna son visage couvert de taches de rousseur vers le mien.

— Je suis désolée, papa. Joy est un étranger ? Je croyais que c'était notre voisine.

Il ne répondit pas. Au lieu de cela, il ajouta :

— C'est l'heure de rentrer.

Remy se leva d'un bond.

— Merci pour la glace !

Elle partit en courant vers sa maison.

— Elle est adorable.

Je me mis debout. Il ne faisait pas loin de trente degrés, et pour contrer cette température élevée pour le Montana, j'avais mis une petite robe d'été, très courte, et mes cheveux blonds étaient relevés en chignon un peu lâche.

Il grogna à nouveau.

Je ne savais pas trop quoi dire d'autre à cet homme presque nu qui se trouvait dans mon jardin et qui semblait mécontent que je me lie d'amitié avec sa fille. Il n'y avait pas de protocole pour ce genre de situation.

Il me fixait. Je le fixais à mon tour.

Puis il tourna les talons et s'en alla.

La serviette minuscule me permit de voir son cul musclé.

Je n'aurais peut-être pas dû donner une glace à sa fille. Il n'aurait peut-être pas dû me montrer sa bite impressionnante.

Et cette bite était celle de mon voisin ? Waouh.

Ce type était grincheux. Grognon. Magnifique.

Et je ne connaissais même pas son nom.

## 3

WES

Je venais peut-être de passer pour un con auprès de ma nouvelle voisine, mais je m'en fichais un peu. Je ne voulais même pas penser au fait que je venais de m'exhiber. Quel genre d'homme faisait ça ? Elle devait penser que j'étais un pervers. Et un connard.

Je savais que je passais toujours pour un connard, pas seulement aux yeux de Joy, mais aux yeux de tout le monde. Même avant l'arrivée de Remy, je n'avais jamais été très sociable. Je n'étais pas du genre à faire la causette ou à bavarder avec les voisins. Ces quatre dernières années de monoparentalité m'avaient rendu carrément acariâtre.

C'était comme si j'avais un quota quotidien de mots à

dire, et que je les utilisais tous avec Remy. Elle était très bavarde. Le seul moment où elle s'arrêtait de parler, c'était quand elle dormait. Pour les autres personnes, je n'avais pas grand-chose à dire, que ce soit en termes de bavardage, d'amabilités ou autres. Mon puits de patience était complètement asséché.

Je m'étais fait avoir–non, pas *avoir*, ce n'était pas le bon mot–j'adorais Remy, mais je n'aurais jamais imaginé avoir à élever une petite louve tout seul depuis sa naissance. Je n'avais même pas su que j'allais être papa jusqu'à ce que je retourne à ma meute d'origine après un circuit de rodéo de six mois et que je croise sa mère en ville, enceinte.

Soraya n'avait pas été ma petite amie. Elle n'avait même pas été une amie. Nous avions couché ensemble une fois lors d'une course de pleine lune. UNE FOIS ! Elle était un peu plus jeune que moi et avait toujours été une vraie sauvage. Depuis ses dix-huit ans, elle disparaissait et revenait en ville lorsqu'elle avait des ennuis ou qu'elle avait besoin que son père, qui était riche, lui donne de l'argent. Elle venait de revenir une fois de plus lorsque nous nous étions rencontrés.

Ouais, me retirer n'avait pas été suffisant. Remy était donc un accident.

J'avais trouvé un endroit où vivre et Soraya avait emménagé avec moi pour bien faire les choses pour elle et le bébé. Mais peu de temps après l'accouchement,

Soraya avait quitté la ville. Elle s'était débarrassée du bébé, l'avait regardé et était partie. Elle était peut-être retournée au sein de la meute, mais moi, j'avais déménagé ici, à Cooper Valley, pour m'en éloigner. Je ne l'avais pas revue depuis.

Je n'avais aucun regret. Remy était tout pour moi.

Par contre, je n'avais eu aucune idée de ce qu'il fallait faire pour s'occuper d'un nouveau-né, et je devais admettre que cela n'avait pas été une partie de plaisir. Surtout quand j'avais dû l'emmener en tournée avec moi, nous étions allés de compétition en compétition où j'avais chevauché des taureaux parce que cela avait été le seul moyen pour moi d'économiser assez d'argent pour nous acheter cette maison et subvenir à ses besoins.

De plus, j'avais été bon dans ce domaine. J'avais gagné de l'argent dans les compétitions et j'avais été sponsorisé.

Maintenant, nous vivions dans une belle maison, dans une jolie petite ville, avec une meute sympa.

Je rentrai à l'intérieur et retrouvai Remy perchée sur son siège, en train de colorier, exactement là où elle avait été censée rester pendant que je prenais ma douche.

Je m'approchai d'elle et embrassai le sommet de ses cheveux roux en bataille.

— Tu m'as fait peur, bébé.

Ma fille me regarda avec de grands yeux surpris. Ils étaient verts, comme ceux de Soraya. Comme à chaque fois que je regardais son visage enfantin et innocent, ma poitrine se resserrait.

Je l'aimais tellement que ça me faisait physiquement mal. La peur de tout gâcher–de ne pas être un bon père pour elle, ou, mon dieu, de la perdre–me tenaillait dans mon amour.

— *Toi*, tu as eu peur ? demanda-t-elle avec étonnement.

Je posai ma main sur ma poitrine nue.

— Tu ne crois pas que les papas peuvent avoir peur ?

— Je ne pensais pas que tu pouvais avoir peur.

Je tirai une chaise à côté d'elle et m'y installai. Je ne portais toujours rien d'autre que la serviette trop petite.

— Je n'ai pas peur pour moi, Remy chérie. Mais tu sais ce qui me fait très peur ?

Son petit front se plissa. Elle avait un cercle rouge autour de la bouche à cause de la glace.

— Quoi ?

Je me penchai vers elle et plongeai mon regard dans ses petits yeux innocents.

— Le fait de penser qu'il pourrait t'arriver quelque chose.

— Mais je vais bien, papa.

Elle tendit la main et me tapota la mienne. Comme si c'était elle qui me réconfortait.

— Joy est ma copine.

Joy. C'était la voisine.

Je pensais à Remy, retenant ma réaction automatique, qui aurait été de lui dire de ne pas faire confiance aux étrangers ou toute autre connerie que les parents étaient censés dire de nos jours. J'avais choisi cette ville, cette maison, parce qu'elle était sûre. Parce qu'elle pourrait aller voir les voisins et jouer avec les autres enfants du quartier.

Je relevai la tête.

— Comment tu sais que c'est ta copine ?

Remy se remit au coloriage, faisant glisser un crayon orange de haut en bas sur bonhomme comme si elle lui donnait des vêtements.

— Elle sent bon.

Bizarrement, cette phrase me donna la chair de poule.

*Elle sent bon.*

— Tu as fait confiance à ton instinct de loup.

Je lui fis un signe de tête. L'éducation des enfants se faisait petit à petit.

Les louveteaux ne pouvaient pas se transformer avant la puberté, et certaines meutes– en particulier celles qui vivaient dans des villes ou qui étaient plus intégrées aux humains–ne disaient pas à leurs petits ce qu'ils étaient jusqu'à ce qu'ils soient assez âgés pour honorer le secret de la meute.

Mais j'avais dû expliquer à Remy, lorsque nous étions sur le circuit du rodéo, que je ne pouvais pas être blessé par les taureaux parce que j'étais un loup. Les animaux lui avaient fait peur, et cela l'avait aidée à me regarder sans pleurer chaque fois que je me laissais projeter pour que cela paraisse réaliste. Mais surtout, je pensais qu'il était important de lui apprendre à écouter son instinct de loup. À faire la différence entre son côté animal et son côté petite fille. Comme je ne savais rien de la féminité, je faisais de mon mieux.

Il fallait certes que je fasse attention à ce que Remy ne dise pas certaines choses à un humain, mais je voulais que ma fille sache ce qu'elle était. J'étais fier d'elle. Fier de la personne qu'elle était et de ce qu'elle était devenue. Je lui avais appris à distinguer l'odeur d'un humain de celle d'un loup. Elle savait déjà qu'elle pouvait parler librement de sa nature devant les loups, mais qu'elle devait garder notre secret devant les humains.

— Oui, je sais que c'est une humaine, mais c'est une bonne sorte, dit Remy en continuant à colorier, troquant le crayon orange pour un jaune, qu'elle utilisa pour dessiner une boule de couleur sur la tête du bonhomme.

Je passai une main sur ma barbe.

— C'est quoi une bonne sorte ?

— C'est comme Joy.

Les enfants disaient des choses incroyables. Dans mon esprit, je retournai sur le perron de la voisine. Le soulagement de retrouver Remy et la tension de l'adrénaline inutilisée m'avaient absorbé et je n'avais pas prêté assez attention à cette jeune femme. En particulier, depuis que Remy l'avait mentionnée, à son odeur.

Mais Remy avait raison. Elle avait une odeur agréable.

Douce et chaleureuse, comme des beignets fraîchement sortis du four. Comme du caramel au miel et à la vanille, trop gluant pour être mangé.

Mais maintenant que j'y repensais, son odeur n'avait fait que m'agiter davantage. Comme si cela m'irritait que mon loup ait trouvé son odeur agréable. Cela m'avait rendu grincheux. Ou plus grincheux que d'habitude.

Je me souvins de la façon dont son regard s'était porté sur ma bite quand je m'étais accroupi. Cela avait été un mouvement stupide, mais je n'étais pas pudique. Je n'avais pas eu l'intention de m'exhiber devant ma voisine en portant uniquement la petite serviette de ma fille de quatre ans.

Elle avait rougi sur la poitrine, mais n'avait pas eu l'air gênée.

Non, il y avait eu une certaine audace dans la façon dont elle m'avait regardé. Comme si elle avait apprécié ce qu'elle voyait.

Comme si elle était intéressée. Comme si elle me désirait.

Je passai une main sur ma nuque, qui semblait se réchauffer à cette idée. Parce qu'étrangement, ça me plaisait qu'elle ait apprécié. Qu'elle ait trouvé mon corps attirant.

Joy. La voisine. De jolis cheveux blonds remontés sur le dessus de la tête. Des yeux bleus, des lèvres pulpeuses qui semblaient sourire en permanence.

Je n'étais pas intéressé, mais j'aurais dû lui serrer la main au lieu de lui montrer ma bite. J'aurais eu son odeur sur ma paume pour l'évaluer maintenant. J'aurais pu me présenter.

Je venais d'acheter la maison à côté de la sienne et j'avais une petite de quatre ans à laquelle je ne pouvais apparemment pas faire confiance quand je lui demandais de rester à l'intérieur de la maison.

Peut-être que je pourrais lui demander de faire du baby-sitting de temps en temps. Par exemple, si je devais aller faire les courses quand Remy serait au lit. Bon sang, je commençais à m'inquiéter de ce que j'allais faire de Remy après sa session matinale à l'école maternelle pendant la saison des mises à bas, qui allait commencer d'un jour à l'autre.

C'était ma première saison en tant que contremaître. J'avais manqué la mise à bas du printemps. Alors, même si j'étais responsable, j'envisageais d'improviser un peu en fonction de ce que ce ranch faisait avec son bétail. Je me disais que si je devais aller au ranch la nuit, je la sortirais du lit et lui ferais un petit nid de couvertures pour qu'elle dorme dans mon pick-up pendant que je travaillais.

Une fois endormie, elle ne se réveillait jamais.

Mais si j'avais une voisine qui ne voyait pas d'inconvénient à venir chez moi…

Mes pensées n'avaient rien à voir avec le fait que Joy était jeune et jolie. Elle n'était pas mon genre. Je ne voulais certainement pas d'une gentille humaine aux yeux bleus et à fossettes dans ma vie, sauf en tant que baby-sitter.

Non.

Mon cœur n'était pas disponible pour les femmes, qu'elles soient louves ou humaines. Pas avec la pression que représentait le fait d'aimer une petite louve de quatre ans. De plus, je n'avais déjà pas assez de temps pour m'occuper d'une petite fille et de moi-même. Il était hors de question que je complique les choses en m'engageant avec une femme. Surtout avec une humaine.

Même pas une qui sentait les pralines et le soleil.

— C'est Joy ? demandai-je en tapotant le papier sur lequel Remy dessinait.

Elle hocha la tête, et ses boucles rousses se balancèrent.

— C'est Joy. Ça se voit au chignon en haut.

Elle désigna la boule jaune au-dessus de la tête du personnage.

— Comment on écrit son nom ?

— On va le prononcer, dis-je en prenant modèle sur Riley, l'institutrice de Remy à l'école maternelle.

— J-J-J.

Elle mit sa langue au coin de sa bouche, comme elle le faisait toujours lorsqu'elle se concentrait.

— G ?

— J. Mais tu as raison, le G fait aussi ce son quelquefois.

Le visage de Remy se crispa tandis qu'elle dessinait en jaune une lettre J géante en haut de la feuille. Elle échangea le crayon jaune contre un crayon bleu.

— Et après ?

— Oh-oh-oh, dis-je en faisant le son avec ma bouche.

Elle me regarda pour avoir confirmation et dessina un O à côté du J.

J'acquiesçai.

— C'est tout ?

— Y. Comme dans Remy.

J'espérais qu'elle ne me demanderait pas pourquoi on ne prononçait pas Joey, parce que je n'en savais rien. Je ne pensais pas qu'on lui avait déjà enseigné les exceptions à la prononciation.

Quand elle ajouta son Y tordu, elle brandit la feuille et dit :

— Je peux lui apporter ?

Ma bite tressaillit sous la serviette à l'idée de

retourner chez la voisine. C'était pour cette raison que je devais dire non.

Je me mis debout et ébouriffai les cheveux de Remy.

— Pas maintenant. Papa doit s'habiller et trouver quelque chose à manger pour le dîner.

— On peut acheter des glaces ? demanda Remy.

Je revis Joy léchant sa glace à la framboise dans mon esprit. Cette langue traînant sur le bord de la glace tandis qu'elle parcourait mon corps d'un regard tranquille.

Soudain, j'en eus l'eau à la bouche, et ce n'était pas à cause des glaces.

Peut-être que je devais me comporter en bon voisin. Je pouvais emmener Remy pour qu'elle lui donne son dessin. Je pourrais me présenter correctement et partir d'un meilleur pied avec ma nouvelle voisine. Après m'être habillé.

Et surtout, je pourrais sentir à nouveau son odeur.

Ce serait la seule raison pour laquelle j'irais là-bas. Pas parce que j'étais intéressé.

Je ne voulais surtout pas que Joy lèche ma glace. Ou qu'elle ouvre les cuisses pour que j'y mette ma tête.

Je ne me demandais pas si le parfum de sa cyprine était aussi agréable que l'odeur du reste de son corps.

Ni les sons qu'elle émettait lorsqu'elle était excitée.

Non. Je ne pensais même pas à tout ça. On ne baisait pas avec sa voisine. Il devait bien exister une règle de ce genre, non ?

Surtout pas quand il s'agissait d'une humaine, et que j'étais un papa célibataire et un loup.

## 4

JOY

J'ÉTAIS ASSISE sur mon tabouret bas, les genoux écartés autour de mon tour de potier. Mon pied droit était sur la pédale qui réglait la vitesse de rotation du tour. Mes mains étaient recouvertes d'argile fraîche qui remontait jusqu'à mes poignets. Mon vieux tablier protégeait mon débardeur et mon short des éclaboussures, mais mes genoux et quelques endroits sur mes cuisses n'avaient pas eu cette chance.

Le travail de potier était salissant. Je prenais un cube d'argile humide et le transformais en objets fonctionnels, comme des assiettes, des tasses et des vases. J'étais justement en train de faire un vase.

Je plongeai l'éponge humide dans le seau d'eau,

l'essorai, puis la plaçai à l'endroit où le tour et l'argile se rencontraient. Cela ressemblait à un vase, d'environ trente centimètres de haut, mais je devais arrondir le fond. Je mis de la pression pendant que le vase tournait. Lentement, avec une pression constante, il rétrécit.

Je plongeai l'éponge et recommençai jusqu'à ce que je sois satisfaite. Ensuite, je saisis un petit outil en bois pour enlever l'excédent d'argile.

Un ruban d'argile en forme de spirale se détacha. Je le jetai sur le petit tas d'argile excédentaire qui grossissait peu à peu.

Le volume de la musique était bas. La porte du garage était relevée. C'était une magnifique journée dans le Montana.

Mais il faisait encore chaud. De la sueur perlait sur mon front et je ne pouvais pas y toucher pour l'essuyer. Je l'avais appris à mes dépens il y a longtemps, lorsque j'avais l'habitude de me couvrir d'argile de la tête aux pieds.

Je levai le pied de la pédale, le vase ralentit, puis s'arrêta.

Je le regardai d'un œil critique. C'était une nouvelle direction que je prenais. Les deux premiers que j'avais livrés au magasin de produits artisanaux de la ville s'étaient vendus dès la première semaine. J'en avais envoyé quelques-uns à des boutiques qui vendaient mes créations dans tout le pays. Celui-ci devait être envoyé au Texas lorsqu'il serait terminé.

Je saisis le fil de fer avec les petites chevilles de bois à chaque extrémité et le glissai sous le fond du vase mouillé pour le séparer du tour.

Vérifiant que j'avais un endroit où le poser sur l'étagère pour le faire sécher, je jetai un coup d'œil par-dessus mon épaule. À ce moment-là, mon téléphone portable sonna.

— Merde.

Avec précaution, je pris le vase et traversai le garage pour le poser.

En repoussant ma lèvre inférieure, je soufflai de l'air sur mon visage, dégageant de mes yeux mes mèches de cheveux qui dépassaient.

Je ne pouvais pas attraper mon portable–qui sonnait toujours–mais je fis glisser mon petit doigt vers le haut, ne laissant qu'une petite trace sur la surface vitrée. Le bouton du haut-parleur étant activé, je pouvais parler les mains libres.

— Bonjour, j'écoute en cette belle journée.

— Bonjour Joy, c'est Joann de Segal Crafts.

Son magasin dans l'Oregon avait vendu quelques-unes de mes pièces. Je lui avais même envoyé une commande la semaine dernière.

— Oh, bonjour ! Je travaillais justement sur le prochain vase.

— C'est super. Mais je vous appelle pour vous annoncer une mauvaise nouvelle.

Ça n'avait pas l'air bien réjouissant.

— Le carton que vous avez envoyé. Tout ce qu'il contenait était cassé.

— Quoi ?

Tout ? Il y avait eu... quatorze tasses, trois plats de service et un vase. J'étais une experte dans l'emballage des objets fragiles, mais ça arrivait. Mais tout de même. Tout ?

— Vous devriez vraiment vous adresser au service de livraison et faire une demande de remboursement auprès de l'assurance. J'ai des photos que je peux vous envoyer par e-mail pour les ajouter à la demande d'indemnisation.

La valeur des marchandises s'élevait à cinq cents dollars.

J'allais probablement pouvoir obtenir un chèque de l'assurance, comme elle le disait, mais cela prendrait du temps. Je l'avais déjà fait auparavant. Là, la somme était importante ! J'avais besoin de cet argent. J'avais espéré que Joann appelait pour me dire qu'elle m'avait payé électroniquement et que j'aurais ce dont j'avais besoin pour payer le prêt immobilier.

Et maintenant ?

— Eh bien, allez-y. Oui, bien sûr, je voudrais bien

avoir ces photos. Voulez-vous, euh, des pièces de remplacement ?

*Dites oui, s'il vous plaît !*

— Il faudra au moins une semaine pour les réaliser de A à Z.

Après le tournage, les objets devaient sécher complètement avant d'être cuits dans mon four, sinon l'eau qui se trouvait dans l'argile faisait exploser l'objet. Ensuite, ils étaient émaillés, puis retournaient dans le four.

La poterie n'était pas un art rapide.

— Oui, s'il vous plaît. Tout le monde adore votre travail.

Je poussai un soupir de soulagement.

Bien sûr, je perdrais de l'argent à cause de l'argile et des peintures supplémentaires que je devrais utiliser pour tout refaire. Et avec le temps qu'il faudrait pour refaire la commande, j'aurais pu faire autre chose. Mais c'était une cliente fidèle et une personne sympathique. Ce n'était pas sa faute.

— Merci d'avoir appelé, dis-je. Je vous préviendrai quand les produits de remplacement seront prêts.

— Prenez soin de vous, Joy, ajouta Joann avant de mettre fin à l'appel.

Je regardai fixement mon local. J'avais acheté cette maison quelques années auparavant pour son garage indépendant. C'était un parfait atelier de potier. Lorsque j'avais emménagé, je m'étais assurée que l'installation électrique était conforme aux normes avant de réparer le robinet qui fuyait dans la cuisine. J'avais même fait venir les pompiers pour qu'ils confirment que tout était sûr pour le four.

La maison n'était *pas encore* rénovée. Elle avait encore besoin de beaucoup de travaux. Contrairement à la maison adjacente de Remy et de son père, qui avait été modernisée de fond en comble. J'avais bien connu les anciens voisins et j'avais vu toutes les améliorations qu'ils avaient apportées à la maison.

Ce serait plus tard pour moi. Mon évier ne gouttait plus, mais les fenêtres devaient être remplacées, la chaudière remise aux normes et le carrelage vert avocat de la salle de bains n'était plus vraiment à la mode. Je finirais bien par tout faire, si j'avais l'argent nécessaire pour m'attaquer à ces projets. Je n'étais pas fauchée, mais je parvenais tout juste à garder la tête hors de l'eau.

Mes créations commençaient à se vendre dans tout le pays et l'argent rentrait, mais les difficultés semblaient aussi survenir régulièrement et, bien sûr, m'empêchaient d'avancer.

Un pot en avant, deux pots en arrière, c'était mon adage apparemment.

Mon portable retentit à nouveau. Cette fois-ci, pour un message.

Le nom qui s'affichait à l'écran me fit sourire. Marina. Ma copine du cours de yoga.

> Colton est sorti. Viens chez moi. J'ai
> du vin.

M'inviter à venir la voir aurait été suffisant, mais du vin, en plus ? J'avais besoin d'un verre. Ou de deux.

J'appuyai sur le bouton de transcription vocale parce que je ne pouvais pas taper avec mes mains sales.

> Je suis partante. Donne-moi une heure.

JOY

— ...et ce n'était pas du sucre... c'était du sel ! s'exclama Marina.

Je ne pus m'empêcher de rire en imaginant sa cliente en train de manger un gâteau qui avait si mauvais goût.

Nous étions derrière la maison principale de Wolf Ranch. Sur la pelouse, il y avait des chaises longues avec d'épais coussins qui faisaient face à la grange et aux champs situés plus loin. C'était un bel endroit. Le soleil était bas sur l'horizon, scintillant à travers les arbres.

Marina vivait ici avec son homme, Colton, ainsi que le frère de Colton, Rob, et sa femme Willow. Il y avait un dortoir près de la grange, où vivaient en alternance les ouvriers du ranch. J'avais entendu dire que les seules personnes qui y logeaient maintenant étaient Johnny et sa femme Emma.

— Quand tu ne fais pas de la poterie, qu'est-ce que tu fais ? J'ai l'impression que ça fait une éternité qu'on ne s'est pas vues, dit-elle en levant le doigt. En fait, il neigeait. Tu te souviens, Colton a dû venir me chercher chez toi.

Je hochai la tête.

— Oui, je m'en souviens. Il y avait une tempête.

Elle se pencha en avant avec la bouteille de vin et remplit mon verre.

— Quant à ce que je fais, je travaille, lui dis-je. Du travail. Et encore du travail.

Je venais déjà de lui parler de la livraison endommagée.

— Passer tout son temps dans son garage n'est pas très drôle.

Je haussai les épaules.

— Ce n'est pas un garage, c'est mon atelier. Toi, tu restes à l'intérieur, dans ta cuisine, pour faire de la pâtisserie.

Elle haussa les sourcils.

— J'ai Colton pour me sortir de là et me faire faire d'autres choses.

Je souris. Je ne pouvais qu'imaginer *comment* il la sortait–probablement par-dessus son épaule–et ce qu'étaient ces *autres choses*.

— J'adore que tu aies Colton, lui dis-je en soupirant.

— Il faut qu'on te trouve un homme.

Instantanément, je pensai à M. Serviette, mon voisin. Lui, c'était un homme, *un vrai.*

Je m'étais couchée la veille en pensant à lui. Bon sang, j'avais même vu sa bite, et nous n'étions même pas sortis ensemble ! Je savais qu'il avait été gâté par la nature. Je savais qu'il était magnifique. De partout. Malgré son apparente mauvaise humeur, je savais qu'il était gentil avec sa fille. Protecteur. Autoritaire.

Je m'étais touchée en pensant à lui, sans la serviette.

Sa façon de grogner et de me donner des ordres.

Comme j'aimerais cela. Comme je jouirais quand il me l'ordonnerait.

Comme...

— La Terre à Joy. Où es-tu allée, et puis-je avoir un billet pour te rejoindre ? demanda-t-elle.

Je soupirai.

— Désolée, je pensais à mon nouveau voisin.

— Oh ? demanda-t-elle l'air intriguée. En bien ou en mal ?

— Bien. *Vraiment* en bien.

Comme si en parlant de lui, je l'avais fait apparaître.

Parce que j'aurais pu jurer que mon nouveau voisin venait de sortir de la grange. Nous n'étions pas très proches, j'avais peut-être besoin de lunettes, mais j'aurais reconnu cette silhouette spectaculaire n'importe où. Et puis...

*C'était* lui ! Parce que juste derrière lui, galopant comme un cheval, il y avait une petite fille.

— C'est lui, dis-je en le pointant du doigt.

Marina tourna la tête.

— Wes ? s'exclama-t-elle. C'est ton nouveau voisin ? Tu es sérieuse ?

Wes. Je n'avais même pas su comment il s'appelait.

J'acquiesçai.

— On ne peut pas se tromper avec ses cheveux roux.

— Oh mon Dieu, il est magnifique. Je sais que j'ai Colton et qu'il est parfait, mais je ne suis pas aveugle. Si tu aimes les roux ronchons, c'est lui qu'il te faut !

— Il est... méchant ? demandai-je en pensant à la petite Remy.

Elle était douce et intelligente, et je ne voulais pas que quelqu'un soit méchant avec elle, surtout son père.

— Méchant ? répliqua-t-elle en riant. Noooon, pas du tout. Distant. Froid. Pas timide. Introverti. En fait, il est tout simplement grincheux. Mais regarde-le avec sa fille. Si ça ne te fait pas fondre comme du beurre au soleil.

Il la jetait sur son dos et faisait semblant d'être un cheval. Je pouvais l'entendre rire d'ici.

— Alors, où est la mère de Remy ?

— Inexistante, marmonna-t-elle d'un geste de la main. Elle a abandonné le bébé juste après sa naissance, d'après ce que j'ai compris. Je pense que c'est pour ça qu'il est si grincheux. Il a été père célibataire sur le circuit de rodéo pendant trois ans et demi, incroyable, non ?

— Il faisait du rodéo ? rétorquai-je d'une voix presque stridente, l'esprit en ébullition, des visions plus torrides les unes que les autres me traversant le cerveau.

Cet homme sur le dos d'un taureau ?

— Oui, répondit Marina en s'éventant et en riant.

— Il l'a emmenée partout à travers le pays ? Tu es sérieuse ?

Comment avait-il fait ça ?

Je les regardai fixement avant qu'ils ne disparaissent dans la grange.

— Je ne sais pas, pas très bien. Je veux dire, le rodéo paie bien, et je suppose qu'il économisait pour pouvoir acheter la maison à côté de la tienne, mais le circuit n'est pas vraiment l'endroit idéal pour un bébé ou un enfant en bas âge.

Je secouai la tête.

— Je n'arrive pas à imaginer comment il a pu faire. Alors comment a-t-il atterri ici ? Par l'intermédiaire de Boyd ?

À Cooper Valley, tout le monde savait que Boyd Wolf avait été une star du rodéo avant de rencontrer sa femme, Audrey, et de prendre sa retraite du circuit.

Marina but une gorgée de son vin et acquiesça.

— Exactement. Boyd a vu Wes lorsque le spectacle de rodéo était en ville, et lorsqu'il a découvert que Wes avait un enfant de quatre ans sur la route avec lui, il lui a offert un poste de contremaître ici. Je pense que Rob et lui ont en quelque sorte créé le poste pour lui, parce que ce n'est pas comme si Boyd ou Colton ne pouvaient pas faire ce travail.

Mon cœur fondit encore davantage. Non seulement Wes était un héros parce qu'il s'était débrouillé seul pendant sa carrière dans le rodéo, mais tout le clan Wolf était héroïque parce que ces gens se souciaient suffisamment de cette petite pour lui créer un poste bien rémunéré afin qu'il ne soit plus sur le dos d'un taureau. Où ce n'était pas sans danger.

— Il n'est pas très bavard, mais j'ai réussi à lui faire dire que même s'il gagnait bien sa vie, il était soulagé d'arrêter parce qu'il savait qu'il était temps pour Remy d'aller à l'école maternelle et d'interagir avec d'autres enfants.

— Ça a l'air d'être quelqu'un avec la tête sur les épaules.

Marina tourna son regard vers moi. Avec ses cheveux noirs, ses yeux étaient frappants.

— Ma puce, c'est quelqu'un de bien. Rob ne l'aurait pas engagé si ce n'était pas le cas. Il ne serait pas resté une seule journée, tu sais bien.

Tous les hommes de Wolf Ranch étaient gentils.

Attentifs avec leur femme. Grands et costauds. Peut-être un peu intimidants, mais elle avait raison. Ils ne laisseraient pas un connard travailler ici.

— Il n'a pas de petite amie ? demandai-je en souriant à Marina. Tu sais. Je demande pour une amie.

Elle me rendit mon sourire.

— Pas de petite amie. Il n'est sorti avec personne depuis qu'il est ici, que je sache. Je pense que Remy occupe toute son attention, mais on ne sait jamais. Ça pourrait changer quand il rencontrera sa jolie voisine.

Elle se leva.

— Allez, tu veux que je te présente ?

Je lui fis un sourire en coin et restai assise là où j'étais.

— Nous nous sommes déjà rencontrés. Et honnêtement, il n'a pas semblé très impressionné par moi lors de notre première rencontre.

Moi, par contre ? J'avais été très impressionnée par ce que j'avais vu de lui.

Marina fit un geste désinvolte de la main.

— Comme je l'ai dit, il est grincheux. Il ne faut pas que cela te décourage.

Me décourager ? C'était plutôt l'inverse.

## 6

WES

Le tonnerre retentit, faisant trembler les murs de la maison une fraction de seconde après l'éclair.

Cela faisait une dizaine de minutes maintenant que l'orage grondait. Cette fois-ci, ce fut l'électricité qui se coupa.

Putain de merde.

Je me dirigeai vers la cuisine, vêtue uniquement d'un pantalon de pyjama, pour trouver une bougie au cas où Remy se réveillerait pour aller aux toilettes. J'en avais une dans un bocal quelque part. Les bougies, ce n'était pas mon truc, mais Remy m'avait supplié de l'acheter à la Foir'Fouille la semaine auparavant.

Voilà. J'avais trouvé la bougie et je l'avais allumée.

Elle était sans parfum, donc au moins je n'avais pas à supporter une odeur synthétique qui rendait mon loup complètement fou.

Je la posai sur la table de la cuisine comme une sorte de veilleuse. Heureusement, Remy dormait généralement à poings fermés une fois que j'avais réussi à l'endormir. Si l'orage avait éclaté au moment où je tentais de la mettre au lit, elle aurait eu trop peur, mais là, elle n'avait pas bougé.

Je me surpris à jeter un coup d'œil par la porte coulissante arrière en direction de la maison voisine. Je me demandai si tout se passait bien pour Joy.

C'était stupide. Ma voisine était une adulte. Elle n'aurait pas peur d'un orage d'été.

Pourtant, le vent sifflait dans les bouches d'aération et fouettait les branches d'arbres contre la maison. Je pouvais entendre le bruit sourd de l'une d'entre elles frappant le bord de sa maison. Le côté protecteur de mon être se demandait si elle avait besoin de quelque chose. Elle était humaine et donc vulnérable au danger.

Mais de quel genre de danger avais-je peur ? Ce n'était pas comme si le vent allait faire s'écrouler sa maison. Les chances que la foudre s'abatte sur son toit étaient plutôt minces avec les grands arbres alentour.

J'étais le grand méchant loup. Je savais tout cela.

Elle devait aller bien.

Si elle avait peur, ce n'était pas mon problème. Je

n'allais pas me précipiter chez la voisine pour la prendre dans mes bras et lui dire qu'elle était en sécurité. Ce travail pouvait être confié à un autre homme.

Sauf que l'idée de la prendre dans ses bras me remuait les tripes. Il en émanait un sentiment de plaisir. Comme si mon loup voulait que la petite humaine d'à côté tremble dans mes bras si elle était effrayée. Qu'elle se tourne vers moi pour trouver du réconfort.

Ce qui était complètement fou.

Pourtant, l'idée qu'un autre type puisse lui offrir ce réconfort me faisait serrer les dents. Pas question. Mais c'était juste parce que je n'aimais pas l'idée d'avoir des hommes inconnus près de ma maison. Pas quand j'avais une petite fille ici.

Je n'étais pas jaloux à l'idée qu'un inconnu puisse offrir du réconfort à ma voisine. J'étais juste un père protecteur.

Oui, c'était ça. Je me passai une main sur le visage et soupirai.

La pluie battait contre les fenêtres et le toit. Les éclairs retentirent à nouveau en même temps que le tonnerre.

Mon loup poussa un grognement instinctif, prêt à protéger et à défendre ma famille contre l'orage. Je traversai la maison et jetai un coup d'œil à Remy. Je n'avais pas besoin d'une bougie avec ma vue de loup pour la voir enfouie sous sa couette couleur lavande, la main levée au-dessus de sa tête.

Le vent soufflait en rafales, faisant trembler mes fenêtres. Tout à coup, j'entendis un grand craquement et un bruit de verre brisé.

Une femme cria.

*Joy.*

Putain. Qu'est-ce qui s'était passé ?

Un dernier coup d'œil à Remy pour vérifier qu'elle dormait toujours à poings fermés, et je me précipitai à travers la maison pour ouvrir la porte coulissante. Il faisait nuit noire dehors, mais mes yeux de loup s'adaptèrent à l'obscurité tandis et je m'élançais vers la porte voisine. La pluie battante m'éclaboussait le visage.

Je me dirigeai vers sa maison, encore une fois trempé.

— Putain de merde !

Un arbre entier, qui avait été dans son jardin, s'était envolé et avait atterri sur son toit. Le toit et une partie du mur adjacent s'étaient effondrés, brisant la vitre de sa fenêtre. Une énorme branche d'arbre était à moitié à l'intérieur et à moitié à l'extérieur de sa maison.

Putain de merde !

— Joy ? criai-je en même temps que le tonnerre retentissait à nouveau.

Elle ne m'entendait pas. Elle était humaine. Peut-être était-elle blessée.

Je ne fis pas le tour pour frapper à sa porte. Je n'attendis pas d'avoir la permission ou d'être invité à rentrer.

Rien à foutre.

Je sautai directement à travers sa fenêtre cassée, escaladant la branche d'arbre pour y arriver. Au moment où je donnais un coup de pied dans la vitre brisée pour passer, le cri de Joy retentit juste en dessous de moi, sur la droite.

— Oh putain ! Joy ?

Elle était sous les décombres, en train de se frayer un chemin vers l'extérieur.

Bon sang, non.

— Joy !

Je fonçai vers elle, dégageant les plaques de placoplâtre cassées qui étaient tombées de son plafond pour pouvoir l'atteindre. La branche d'arbre n'était pas aussi facile à déplacer, mais elle n'était pas coincée, dieu merci.

Elle descendit du lit, atterrissant dans le minuscule espace entre le lit et le mur.

— Oh, mon Dieu ! Qu'est-ce qui s'est passé ?

La pluie rentrait en même temps que le vent, qui fouettait ses rideaux dans tous les sens.

Bon sang. Avait-elle été... *sur le lit* quand le plafond s'était effondré sur elle ?

Je sautai et la tirai vers moi et sur le côté pour pouvoir l'atteindre. J'oubliais de ne pas lui montrer ma force surhumaine. J'oubliais tout sauf la nécessité d'atteindre ma voisine fragile avant qu'elle ne soit gravement blessée. Peut-être l'était-elle déjà, et je ne le savais pas encore.

Elle était peut-être blessée. Peut-être qu'elle saignait. Ou pire encore.

— Joy, viens par ici.

Je la pris dans mes bras, et la soulevai pour la sortir de la chambre et l'éloigner du toit près de s'effondrer.

Elle passa ses bras autour de mes épaules et mon loup se calma. Je sentis son odeur de miel et la foudre frappa à nouveau, cette fois-ci à l'intérieur de mon corps. C'était comme si toutes mes cellules venaient de se réveiller en même temps. J'étais électrisé. Un interrupteur venait de s'allumer.

Putain, elle sentait si bon.

Elle sentait... une odeur parfaite.

Je n'avais jamais pensé que quelqu'un, qu'il s'agisse d'un humain ou d'un loup, sentait mauvais, mais là, c'était juste une odeur parfaite.

J'eus soudain du mal à avaler ma salive.

Il m'était tout aussi impossible de poser Joy à terre. Elle n'était pas en sécurité ici, dans cette maison endommagée. Nous étions tous les deux trempés et couverts de plâtre et de débris. Pire encore, elle avait peut-être une commotion cérébrale ou des coupures et des hémorragies.

Je devais l'emmener chez moi pour l'examiner. Il était hors de question que nous restions ici.

Sans dire un mot–ce qui n'était pas inhabituel pour moi–je sortis de chez elle, pieds nus et emmenai Joy chez moi. Je récupérai la bougie allumée sur la table de la cuisine en me dirigeant vers ma salle de bain. Je ne fis qu'une pause pour jeter un coup d'œil à Remy, qui dormait encore et n'avait rien vu de tout cela. Ensuite, je remis Joy doucement sur ses pieds et posai la bougie sur le meuble de toilette pour commencer à enlever les morceaux de bois et de plâtre de ses cheveux. Je gardai une main sur son coude car ses jambes semblaient instables.

— Un... un arbre est tombé sur mon toit.

Joy était clairement en état de choc, elle essayait encore d'assimiler ce qui venait de se passer.

J'étais peu enclin à parler inutilement, mais je me forçai à le faire parce que la situation exigeait une réponse. Elle méritait que je lui réponde.

— Oui.

— Mon toit est... Ma maison...

Elle semblait abasourdie.

— Tu es blessée ?

Je la regardai de haut en bas. Ses cheveux blonds étaient trempés et collés à son visage, recouvert de poudre de plâtre. Ses bras et ses jambes étaient couverts d'autres débris qui n'avaient pas été emportés par la pluie. Son pyjama se résumait à un minuscule short de nuit et à un haut moulant. Aucun des deux ne cachait ses courbes somptueuses. Le fait qu'ils soient tous deux trempés me permettait de voir ses tétons. Leur forme, leur taille.

Leur couleur.

Ma bouche avait envie d'y goûter. Plus bas, le tissu s'accrochait à ses replis.

Bon sang, elle était parfaite. Mon loup voulait la baiser ici et maintenant, mais il me restait suffisamment de fonctions cérébrales–même si tout mon sang était descendu dans ma bite–pour savoir que ce n'était pas le moment.

Elle examinait son corps en même temps que moi. Sa main vint frotter un endroit sur son front où une bosse se formait et elle grimaça.

Doucement, je lui écartai les cheveux mouillés du visage pour l'examiner.

— On dirait un bleu. Est-ce que tu as mal ailleurs ?

Je pris une voix douce, comme si je parlais à Remy après une chute. Je lui tournai le menton d'un côté puis de l'autre pour vérifier si elle n'avait pas d'autres bleus et passai le bout de mes doigts à l'arrière de sa tête.

— Tu sais comment tu t'appelles ? Ta date d'anniversaire ?

Je tentai de me souvenir des questions que les médecins du rodéo nous posaient après une chute.

Elle lâcha un rire semi-hystérique.

— Oui. Joy Wallace. Le treize mars.

— Bien.

Je continuai à la scruter. Elle ne semblait pas avoir d'os cassés ou de plaies ouvertes que je pouvais voir, mais c'était vraiment difficile de regarder correctement car mes yeux revenaient sans cesse se poser sur ses tétons.

— Moi, c'est Wes, me souvins-je de préciser, puisque je ne m'étais pas présenté à elle la veille. Weston Sparks.

— Je sais. Je suis amie avec Marina du Wolf Ranch. J'étais d'ailleurs là-bas hier soir et je vous ai vus. Oh, Remy va bien ?

— Oui. Elle ne s'est pas réveillée.

Elle tourna la tête en direction de sa maison, comme si elle essayait encore d'assimiler ce qui venait de se passer.

— Tu es entré par ma fenêtre ?

Je hochai la tête.

— Oui, j'ai entendu le bruit. Tu étais au lit quand c'est arrivé ?

— J'étais en train de m'endormir mais le tonnerre m'a réveillée. Et ensuite, le plafond m'est tombé sur la tête.

— Alors que l'arbre aurait pu tomber n'importe où...

Ma voix devint rauque, avec un besoin féroce de revenir en arrière et de la protéger à nouveau. Penser à ce qui aurait pu se passer si elle avait été écrasée par le poids du toit rendait mon loup complètement fou. C'était un putain de miracle qu'elle soit à peu près indemne.

— Il pleut dans ma maison en ce moment.

— Je sais. On ne peut rien faire ce soir. J'ai poussé le lit pour qu'il n'y ait rien sous le trou.

Elle acquiesça.

— Merci.

Sa voix était douce et sincère.

Bon sang. Quelque chose dans la façon dont elle avait prononcé ce mot me serra la gorge. Comme si cela signifiait vraiment quelque chose pour elle. Merde, j'avais eu tort de penser que je n'avais pas besoin d'être celui qui la réconforterait, parce que là, c'était vraiment le cas.

— J'aurais dû le voir venir, dis-je avec l'envie de me frapper au visage. J'ai entendu une branche heurter ta maison, mais je n'ai jamais pensé...

Putain, j'étais resté dans ma cuisine et j'avais délibérément décidé de *ne pas* aller la voir.

— Comment quelqu'un aurait-il pu le voir venir ?

Sa voix contenait à nouveau ce petit rire hystérique.

J'avais retiré la plupart des débris de son corps maintenant. Une nouvelle envie–une envie plus profonde–commença à s'opposer à mon besoin de prendre soin d'elle, maintenant que j'avais accompli cela.

Je m'éclaircis la gorge.

— Veux-tu prendre une douche pour enlever le reste de la saleté ?

J'essayais de ne pas m'imaginer en train de lui enlever son joli pyjama très mouillé. Entrer dans la douche avec elle et lui tendre le savon. Non, je l'utiliserais moi-même sur elle. Je vérifierais chaque centimètre carré pour m'assurer qu'elle n'était pas blessée. Non, je la *lécherais.*

— Oui. Hum, bonne idée.

Sa voix semblait rauque, elle aussi.

Bien. *Bouge, Wes. Ne reste pas là à regarder ta belle voisine.*

J'ouvris brutalement l'armoire et en sortis une serviette. Au moins, j'avais rangé la plupart de mes affaires maintenant et j'avais une serviette de taille adulte à lui proposer. Même si je n'aurais pas été mécontent de la voir avec seulement une toute petite serviette. Et si elle voulait me montrer sa chatte ?

Je m'éclaircis la gorge.

— Je vais faire du chocolat chaud.

*Du chocolat chaud ?* Pourquoi est-ce que je venais de lui proposer ça ? Elle n'avait pas quatre ans.

— Ou du thé ? Ou un whisky ?

Elle me gratifia d'un sourire hésitant.

— Un chocolat chaud, c'est exactement ce qu'il me faut.

Bien, je n'étais pas trop à côté de la plaque. Je me penchai devant elle pour faire couler l'eau chaude de la douche et me forçai à partir.

Alors que je me tenais devant la porte de la salle de bains pour m'assurer qu'elle allait bien–qu'elle n'allait pas s'évanouir et se cogner la tête–je tentai de ne pas imaginer à quoi elle ressemblerait nue.

Je ne me permis pas de me demander si sa peau avait un goût aussi agréable que son odeur.

Il n'y avait pas de place dans ma vie pour une femme.

D'ailleurs, tout le monde connaissait la règle des humains : *on ne sort pas avec sa voisine.*

Mais je n'étais pas humain me disait mon loup.

## 7

JOY

JE ME TENAIS sous le jet d'eau chaude. J'étais encore sous le choc, forcément. Mes mains tremblaient alors que je passais mes paumes sur mes bras pour rincer les saletés. Je me sentais déconnectée de mon corps. Un peu étourdie.

J'avais des pensées dans la tête, mais elles allaient et venaient sans se connecter.

Je me forçai à repasser ce qui s'était passé pour revenir à la réalité.

J'avais été en train de dormir, mais l'orage m'avait réveillée. J'avais regardé l'horloge à côté de mon lit, mais il faisait nuit, donc il avait dû y avoir une coupure de courant.

Oui, c'était bien ça. Comment avais-je pu ne pas m'en apercevoir ? Il n'y avait plus d'électricité dans cette maison non plus. Cela expliquait pourquoi je me douchais à la lumière d'une bougie dans la salle de bain de mon voisin. Oh.

Attendez.

Oh mon dieu ! Wes. Il avait été un vrai héros.

Je revis toute la scène, reprenant là où je m'étais arrêtée. Le plafond venait de s'effondrer sur moi. Il y avait eu un grand fracas. Des plaques de plâtre qui tombaient. De la pluie. J'avais crié. Puis j'avais repoussé les plaques lourdes et le plâtre et j'étais sortie du lit. Soudain, un homme gigantesque était entré par ma fenêtre. Il n'était vêtu que d'un pantalon de pyjama.

Il avait retourné mon lit comme l'incroyable Hulk.

Je ne me considérais pas comme une demoiselle en détresse, mais là ? Épique. Et oui, cela rendait mon voisin sexy encore plus attirant. Si seulement c'était possible...

Nu avec une serviette pour enfant, puis sautant à travers des fenêtres endommagées en pantalon de pyjama ?

Marina avait raison–il était bourru mais gentil. Féroce. Protecteur et attentif.

Je me sentais en sécurité dans sa maison. Je me sentais prise en charge dans sa douche. Pour une fois, quelqu'un veillait sur moi, et ça me faisait du bien.

Quand j'eus fini de me doucher, les tremblements

s'étaient atténués. Pourtant, je ne me sentais pas dans mon assiette. J'avais l'impression que quelque chose était coincé dans ma poitrine ou ma gorge. Comme si, en quelque sorte, la tempête était entrée dans mon corps et que j'avais besoin d'une bonne crise de larmes pour tout évacuer.

Je fermai le robinet et me séchai avec la serviette.

Je ne pouvais pas remettre le pyjama que j'avais porté. Il était trempé et sale.

Un léger tapotement retentit sur la porte, et la poignée tourna. La main de Wes, suivie d'un avant-bras musclé, se glissa dans l'entrebâillement de la porte, tenant une chemise à carreaux.

— Tiens. Euh, si tu veux te mettre quelque chose de sec.

Je laissai échapper un rire rauque et pris la chemise. Il avait dû attendre que l'eau s'arrête pour me la donner.

— Oui. Merci.

Le tissu était doux et élimé. Je la portai à mon nez et reniflai le tissu.

Épicé et viril. Masculin. Tout comme Wes.

J'aimais le fait que ce soit la sienne. Je glissai mes bras dans les manches, et elle tomba sur mes épaules comme une couverture chaude. Elle me descendait jusqu'à mi-cuisses et je dus retrousser les manches.

J'ouvris la porte et la lumière des bougies éclaira Wes qui se tenait dans le couloir. Il était appuyé contre le mur d'en face, une main frottant sa nuque comme s'il n'était pas sûr de ce qu'il allait faire. Il s'était séché et changé, lui aussi, pour enfiler un autre pantalon de pyjama. Ses tatouages étaient à nouveau bien visibles.

— Ça va ? demanda-t-il.

Il faisait sombre, mais la lueur des bougies était suffisante pour que je voie son regard se poser sur mon corps, comme pour s'assurer une nouvelle fois que je n'étais pas blessée.

Il s'était passé quelque chose de grave, mais je ne le vivais pas seule. Je n'étais pas coincée quelque part, dans le pétrin. J'étais en sécurité et je pouvais faire face aux problèmes qui se présenteraient demain. Je n'avais pas besoin d'être joyeuse et souriante. Je n'avais pas besoin d'être forte en cet instant.

Mince. Voilà pourquoi ses quelques mots me firent monter les larmes aux yeux. Je devais certes évacuer cette énergie d'une manière ou d'une autre, mais pleurer était la dernière chose que je voulais faire devant mon voisin. Pleurer ne résolvait jamais rien. Je n'étais pas blessée. J'allais bien. J'étais saine et sauve.

Je baissai la tête.

— C'est juste que… je pense que l'adrénaline qui est dans mon corps me donne des tremblements et… ouais, j'ai l'impression qu'il faut que je fasse un marathon ou un truc dans le genre.

— Tu dois évacuer ça, dit-il, comme s'il s'agissait d'un poison.

Je levai la tête.

— Quoi ?

— L'excès d'adrénaline. Sinon, ça va te filer une espèce de malaise.

*Il fallait que je l'évacue.* Exactement. Je devais me débarrasser de cet excès d'adrénaline. Soudain, je sus exactement ce que je devais faire.

J'agis sans réfléchir. Mon cerveau était trop court-circuité pour réfléchir à ce moment-là. Je me rapprochai de Wes et attirai son visage vers le mien.

Nos bouches se rencontrèrent. Je ne lui donnais pas le choix. J'étais presque agressive. Je mis ma langue dans ce baiser.

Son bras passa dans le bas de mon dos et la chemise déboutonnée qu'il m'avait donnée à porter s'ouvrit, me découvrant. Mais il se recula, interrompant le baiser.

— Waouh.

Je relâchai instantanément mes bras de son cou et me léchai les lèvres.

— Désolée.

Je commençai à me détourner, mais sa main sur ma taille me maintint en place.

— Désolée, j'ai juste...

Il observa mon visage, le scintillement de la lumière

de la bougie accentuant les lignes prononcées de sa mâchoire.

— J'avais juste besoin d'évacuer. Comme tu l'as dit.

— Je vais m'occuper de ça.

— Et Remy ? demandai-je en jetant un coup d'œil par-dessus mon épaule en direction du couloir. Elle va bien ?

Il sourit.

— Elle dort toujours. Si elle arrive à dormir pendant une tempête comme celle-ci, elle va dormir pendant que je te baise bien fort.

Oui, j'avais envie d'être baisée bien fort. Wes. Sur moi. En moi. Sans qu'on ne se retienne.

— Je sais ce dont tu as besoin, ajouta-t-il en pénétrant dans mon espace personnel.

Il me répondit avec ses lèvres, une contre-attaque aussi vigoureuse que l'avait été mon geste. Et même plus. Quand sa main se posa sur mes fesses nues et me souleva, j'enroulai mes jambes autour de sa taille, et il m'entraîna dans sa chambre.

J'avais envie de Wes. J'avais envie de tout ça. J'en avais besoin.

## 8

WES

PUTAIN OUI, elle avait bon goût. Aussi bon goût que son odeur qui se frottait à ma peau.

Mon loup hurlait presque de satisfaction.

Ma bite était dure comme un marteau.

Joy avait un beau cul. Plantureux et bien rond. Ses seins se pressaient contre ma poitrine, et je pouvais sentir ses petits mamelons bien durs.

J'avais éveillé son appétit. Sa bouche venait à la rencontre de la mienne avec la même intensité. Ses mains parcouraient mon dos nu, ma poitrine, et ma peau rayonnait partout où elles se posaient.

Après avoir refermé la porte derrière nous, je la

déposai sur le lit, n'interrompant le baiser que lorsque ce n'était pas suffisant. J'avais besoin de goûter le reste de son corps.

Ma bouche se déplaça vers sa mâchoire, son cou. Je sentis son pouls qui battait la chamade sous mes lèvres.

Puis je descendis encore. Vers sa clavicule.

Ses bras étaient recouverts de la chemise que je lui avais donnée, mais elle ne cachait rien du tout. Elle était nue pour moi.

Je pris l'un de ses tétons dans ma bouche et le suçai. Très fort. Avec ma main, je jouais avec le téton négligé. Je tirai dessus. Je la testais pour voir ce qu'elle aimait. Aimait-elle la douceur, ou y avait-il une bête sauvage en elle ?

J'avais l'impression de connaître la réponse parce qu'elle haletait sous l'effet de ce jeu un peu brutal. Elle se tortillait. *Gémissait.*

Je changeai de côté.

Elle commença à se débattre, ses mains s'enfonçant dans mes cheveux.

— Wes, gémit-elle.

Je descendis davantage, encerclai son nombril avec ma langue. Puis me laissai retomber sur le sol. D'une simple traction sur ses chevilles, je la rapprochai de moi, puis j'enroulai mes bras autour de ses cuisses.

Son parfum était plus fort ici. Sa chatte était ouverte,

prête et humide maintenant, et pas à cause de la douche ou de l'orage. Je passai le bout d'un doigt épais dans sa fente, l'enduisant de son jus délicieux.

Le mis dans ma bouche.

Putain, elle avait bon goût. C'était tellement bon. Du liquide préséminal jaillit de ma bite à cause du besoin que j'avais de la pénétrer. Je voulais qu'elle me recouvre la bite avec son jus.

— Tout ça, c'est pour moi, ma belle au goût de miel ?

— Au goût de miel ? dit-elle d'une voix haletante.

Je fis à nouveau glisser ma langue dans son jus.

— C'est le goût que tu as. Du miel. Collant et délicieux. Voilà ce qui va se passer. Je vais lécher cette chatte jusqu'à ce que tu jouisses sur mon visage. Puis je vais te baiser.

— Je suis prête.

Elle baissa les yeux vers moi. Ses seins se gonflaient à chaque respiration.

— Tu es prête pour ma bite ? Tu ne l'as même pas encore vue pour savoir ce qui t'attend. Il faut que tu sois prête pour moi.

Ses lèvres s'écartèrent pour former un petit sourire.

— J'ai eu un aperçu hier, rappela-t-elle.

— Ma belle, je ne bandais pas à ce moment-là.

Ses yeux s'illuminèrent et comprirent. Ce qu'elle avait vu n'était pas ce que j'allais lui donner maintenant.

— Montre-moi.

Je lâchai ses cuisses et me plaçai entre ses genoux écartés. Je baissai mon pantalon de pyjama, qui retomba à mes pieds.

J'en saisis la base et je caressai ma bite de haut en bas. Ça me prit un peu de temps parce que j'avais une grosse bite. Une vraiment grosse bite. Les femmes avec qui j'avais baisé avaient réussi à me prendre, mais ça n'avait pas été facile. Il fallait qu'elles aiment la brutalité. Elles devaient aimer être prise en profondeur. Elles devaient... être d'accord avec le fait qu'elle ne marcherait pas correctement le lendemain.

— Oh mon... dit Joy en se léchant les lèvres.

Elle se leva et se mit à quatre pattes pour moi. Puis sa langue effleura le bout.

— Putain, grognai-je et du jus gicla sur ses lèvres.

C'était vraiment sauvage.

Son regard se porta sur le mien et en voyant sa bouche à quelques centimètres de ma bite ? J'allais jouir comme ça.

— Non. Tu n'es pas sage.

Je tendis la main et lui donnai une fessée sur le derrière. Ce n'était pas une fessée très forte, mais le bruit que cela fit résonna dans la pièce.

Elle gémit.

— Mais elle est tellement grosse, et je veux la mettre dans ma bouche, je veux la goûter...

Il fallait qu'elle arrête de parler. Je ne pouvais pas

supporter plus de ce qu'elle voulait faire avec sa bouche et ma bite. Peut-être que la mettre dans sa bouche la ferait taire.

Mais non.

Non. J'avais besoin de la goûter. De la faire jouir avec ma tête entre ses cuisses. J'avais besoin de faire pénétrer son parfum sur ma peau. Sur toute ma barbe.

— Si tu veux prendre ma bite dans ta gorge, tu pourras le faire plus tard. Quand ta chatte sera endolorie parce que je t'aurais bien pilonnée et qu'elle aura besoin d'un peu de temps pour se rétablir. Si tu continues à ne pas être sage, il faudra aussi que je te baise le cul.

Elle referma la bouche, mais ne rougit pas et ne me dit pas non. En fait, elle se tortillait, et mon odorat de loup perçut une forte poussée d'excitation.

Elle aimait bien ces suggestions. Elle aimait que je dise des choses cochonnes. Que je prenne le contrôle. Que je la prenne bien en main.

Peut-être même qu'elle aimait ne pas être sage. Peut-être même que je lui baiserais le cul un de ces jours.

— Pour l'instant, ma beauté, tu te contentes de faire ce qu'on te dit.

Je la saisis par les aisselles, la soulevai et la basculai sans ménagement sur le dos. Elle sursauta, mais lâcha un rire aussi. Je la remis en position en la tenant bien fermement pour qu'elle ne puisse pas bouger. Oh, je l'aurais laissée se lever si elle l'avait vraiment voulu, mais ce n'était pas le cas. Je le savais. Bizarrement, je savais ce dont elle avait besoin. Je la maintins pour qu'elle puisse à peine se tortiller lorsque je mis ma bouche sur sa chatte et que je la dévorai à pleines dents.

## 9

JOY

Putain de merde.

PUTAIN DE MERDE.

Ce n'était pas du sexe. Ce n'était pas possible. Je l'avais fait de travers avant. Avec les mauvaises personnes.

Parce que Wes. Mon Dieu. Sa bouche. Ses mains. Son corps. Sa bite. Ses paroles coquines.

Tout y était.

Il était aussi autoritaire au lit qu'en dehors. En fait, il n'était pas encore monté dans le lit. Il était à genoux sur le sol et m'avait déjà donné deux orgasmes. Rien qu'avec sa bouche et sa langue. À présent, il venait de glisser un doigt en moi tandis que sa langue faisait à mon clitoris des choses que je n'avais jamais imaginées.

Un doigt. Puis deux. Puis trois. Profondément. Recourbé. Tendu.

Tout ce que je pouvais faire, c'était rester allongée et subir.

Parce que M. Autoritaire m'en avait donné l'ordre.

Et ma chatte ADORAIT ça.

Le troisième orgasme déferla en moi, me faisant transpirer et défaillir.

Mais Wes n'en avait pas fini. Ce n'était que la première partie de ce qu'il avait prévu.

La prochaine étape... la pénétration.

Il me souleva comme si je ne pesais pas plus qu'une plume–et que je n'étais pas *la fille costaude*, comme on m'avait souvent appelée–et m'installa de façon à ce que ma tête repose sur les coussins.

Maintenant... enfin, il grimpa sur moi.

— Mains sur la tête de lit, dit-il en prenant l'un de mes poignets dans sa main, puis il le leva au-dessus de sa tête.

Son emprise était douce, même si la raison pour laquelle je m'agrippais aux lattes de bois était qu'il n'avait pas l'intention d'être doux très longtemps.

Je levai mon autre bras et enroulai mes doigts autour du bois massif.

Puis il s'assit sur ses talons entre mes cuisses écartées

et se caressa. Comme s'il me narguait. Ensuite, il se pencha vers le tiroir de la table de nuit.

— Je vais me protéger pour toi, ma belle, mais je veux que tu saches que je suis clean.

— Je prends la pilule, lui dis-je.

Il me regarda un instant comme s'il réfléchissait. Un instant seulement parce qu'il balança le préservatif par-dessus son épaule.

— Dans ce cas, je vais te baiser sans rien.

Je souris. Ce type était un vrai cow-boy, et j'adorais ça.

— Tu es prête pour la suite ?

Je hochai la tête.

— Oui. S'il te plaît. J'en ai besoin.

— C'est vrai, tu en as besoin.

Il posa une main au niveau de ma tête, se déplaça au-dessus de moi et se plaça contre ma fente.

— Sois bien sage et prends ma bite.

Puis il me remplit. Pas lentement, mais d'un seul coup.

— Wes ! criai-je alors que mon dos se cambrait.

Son regard était rivé sur le mien.

Il m'observait. Il ne bougeait pas.

Je dus me tortiller pour que mon corps s'adapte, mes parois intérieures se dilatant pour accueillir son sexe. Il était gros. Il me prenait bien profondément. Il avait eu raison ; s'il ne m'avait pas préparée avec ces orgasmes et ne m'avait pas doigtée, j'aurais peut-être mouillé, mais cela aurait été compliqué de le prendre

Il en avait été conscient. *Il avait su.*

Et maintenant ? Ça faisait beaucoup, mais c'était incroyable. Surtout quand il se retirait lentement, puis s'enfonçait à nouveau profondément.

Une fois. Puis encore une fois. Puis encore, jusqu'à ce qu'il prenne un rythme effréné. Nos corps se heurtaient. Nos respirations se mélangeaient. Je m'accrochai à la tête de lit pour ne pas bouger.

C'était ce dont j'avais eu besoin pour faire sortir la tempête de ma poitrine. C'était ça, se faire baiser.

— Putain de merde.

Puis il s'arrêta, toujours profondément enfoui en moi.

Pendant une seconde, je me demandai pourquoi, puis il nous fit rouler, de sorte que je me retrouvai au-dessus de lui. Il était maintenant appuyé contre la tête de lit, presque assis. J'étais dans le creux entre sa poitrine et ses genoux repliés.

— Oh, dis-je, alors que sa bite s'enfonçait encore plus profondément en moi.

Je posai mes mains sur sa poitrine, me penchai vers lui et l'embrassai.

Je ne pouvais pas rester immobile. Il fallait que je bouge. Je me tortillais tandis que nos langues s'emmêlaient, mais quand je tentai de me soulever, je fus obligée de me rasseoir.

Ses mains se posèrent sur mes hanches et il m'aida à trouver le rythme. En haut, en bas, en tournant. Mon clito se frottait contre la base de sa queue, et j'étais à nouveau proche de l'orgasme.

Wes le *comprit* et commença à me soulever et à me laisser retomber. Ses hanches se soulevaient pour aller à ma rencontre.

— C'est ça. Prends ton pied sur ma bite. Chaque centimètre, chérie, tu prends chaque centimètre. C'est tout pour toi.

Mes seins rebondissaient. Je renversais la tête en arrière. Je ressentais tellement de choses pendant que nous baisions.

J'étais en sueur. C'était cochon.

Parfait.

Quand je jouis à nouveau, je me sentis mouiller encore plus. Je criai et continuai à bouger pour suivre le plaisir. Les mains de Wes se resserrèrent, et il s'enfonça au plus profond de moi. Me tint immobile et poussa un grognement.

Il grognait littéralement. Je sentais le grondement sous mes mains sur son torse.

Je sentis sa bite s'épaissir juste avant que les giclées chaudes de son sperme ne se déversèrent en moi.

Je m'écroulai sur lui et il me serra dans ses bras. Je

pouvais sentir son cœur battre. Je sentais sa chaleur. Sa force.

Les bruits de la tempête me revinrent. Le vent qui hurlait. La pluie. Un bruit de tonnerre lointain.

Mais la tempête n'était plus en moi.

Je ne sentais plus de larmes obstruer ma gorge. Ni la pression du besoin de combattre ou de fuir qui s'agitait comme un oiseau dans ma poitrine.

Wes se laissa tomber de manière à ce que nous soyons installés dans le lit et rabattit les couvertures sur nous. Nous étions toujours connectés lorsqu'il embrassa le sommet de mon crâne.

— Ça va mieux ?

— Beaucoup mieux, murmurai-je.

— J'ai préparé du chocolat chaud quand tu étais sous la douche, si tu en veux toujours.

Mes yeux se fermaient déjà.

— Non, ça va.

Ici, dans les bras de Wes, dans son lit, je me sentais en sécurité.

Je me sentais... bien baisée. J'allais vraiment marcher bizarrement demain.

Je souris en m'enfonçant dans le pays des rêves.

## 10

WES

JE ME LEVAI à l'aube, avant que Remy ne se lève, et je regardai la belle endormie dans mon lit. Les longs cheveux blonds de Joy s'étalaient sur mon oreiller. Ils ressemblaient à l'or filé des contes de fées de Remy. La couleur du soleil d'été. Du chaos et du bonheur.

Elle était une présence si lumineuse dans mon lit. Même endormie, elle respirait le soleil.

Un contraste avec mes sombres nuages d'orage. Avec mon fonctionnement mécanique qui consistait à mettre un pied devant l'autre, jour après jour, pour faire face à l'adversité. Pour que tout soit stable pour ma petite louve.

Mais hier soir, Joy avait eu besoin de moi. Notre intermède avait été... inattendu.

Manifestement non planifié.

Mais mon dieu, ça avait été si bon.

Ça m'avait semblé parfait.

Elle était une amante insatiable. Passionnée. Inventive. Sauvage. Dès le premier baiser, j'avais eu l'impression de la connaître instinctivement. De savoir ce dont elle avait besoin. Ce qui l'excitait. Ce qui la faisait jouir.

Tout ce qu'elle désirait, je le désirais aussi.

Son odeur couvrait ma peau maintenant. Il était sur mes draps. Il emplissait la pièce.

Et, comme la nuit dernière, lorsque je l'avais soulevée pour la première fois dans sa chambre en ruine, j'avais la forte impression qu'elle sentait... la *perfection*.

Je la regardai fixement, mais un peu différemment maintenant.

Attendez... merde !

Est-ce que Joy...

Était-elle *ma compagne* ?

Je me passai une main sur ma barbe. Elle ?

Ce n'était pas possible. C'était une humaine ! Et tout ce que je n'étais pas. Nous n'allions pas ensemble, pas du tout. Je ne pouvais pas avoir une compagne prédestinée qui était si... heureuse.

Dans ma meute, personne n'avait entendu parler d'une compagne prédestinée qui soit humaine. Mais presque tous les gars de Wolf Ranch, à l'exception de Rob, avaient des compagnes humaines.

Des compagnes humaines *prédestinées*.

Pas seulement une correspondance amoureuse. Mais des compagnes biologiques. Les femmes humaines avaient déclenché le désir de les marquer chez leurs compagnons loups. Ce qui signifiait que la nature voulait qu'ils soient ensemble.

Dans mon enfance, on m'avait enseigné de faire confiance à mon loup. De faire confiance à son instinct. Les animaux sentent des choses que les humains ne peuvent pas sentir.

J'avais enseigné cela à Remy également.

Mon loup me disait-il que Joy était ma véritable compagne ? La seule femme qui ait été mise sur cette terre pour moi ?

Était-ce la raison pour laquelle nous avions été si en phase la nuit dernière ? La raison pour laquelle je connaissais si bien son corps ?

Les poils de mes bras se hérissèrent sous l'effet de cette prise de conscience. Une boule se forma dans ma gorge à l'idée que toute cette lumière *m'appartenait*.

À Remy aussi.

Mais cette pensée me fit reprendre les rênes de mon esprit.

Putain de merde. Le destin nous avait asséné un coup dur avec la mère de Remy qui était une bonne à rien. La mère de ma fille l'avait abandonnée. Chaque fois que Remy la réclamait, je devais lui expliquer que ce n'était pas parce qu'elle avait, elle-même, un problème. Ce n'était pas parce qu'elle n'était pas parfaite et mignonne. Personne n'aurait dû avoir ce genre de doutes, et surtout pas une enfant. Pas ma Remy.

Cette histoire avec Joy pouvait blesser Remy à nouveau. La blesser encore davantage. Si une mère absente était une souffrance pour Remy, j'imaginais son désarroi et sa douleur si elle pensait avoir une nouvelle maman et que ça ne marchait pas.

Joy n'était pas une métamorphe. Elle ne comprenait pas ce qu'était un compagnon. Comment le destin nous avait soi-disant réunis. Que je devais la marquer et imprégner mon odeur en elle pour qu'elle soit à moi pour toujours.

Elle ne savait rien de tout cela.

Le destin avait peut-être choisi Joy pour moi, mais il n'y avait aucune garantie que Joy me choisisse, *nous* choisisse, à son tour. D'autant plus que je constituais une offre groupée.

Le bruit léger de petits pieds frappant le sol m'empêcha de faire quelque chose de stupide comme de faire de cette situation quelque chose de permanent. Je sortis rapidement de la chambre et fermai la porte.

— Bonjour, papa, dit Remy en sortant de sa chambre,

le visage bouffi par le sommeil et les cheveux ressemblant à un énorme nid d'oiseau.

— Chut, lui répondis-je en portant mon doigt à mes lèvres, et en parlant doucement, d'une voix que ses oreilles de louve pouvaient toujours entendre.

— Joy dort ici, ajoutai-je en pointant du doigt la porte fermée.

Le plaisir qui se lisait sur le visage de Remy semblait résumer mes sentiments concernant la présence de Joy ici. Ses yeux s'illuminèrent et un immense sourire s'épanouit sur son visage.

— Vraiment ? murmura-t-elle à son tour. Elle a dormi ici cette nuit ?

Je la pris dans mes bras et la portai jusqu'à la cuisine, pour que nous puissions faire plus de bruit.

— Il y a eu une tempête la nuit dernière et un arbre est tombé sur son toit. Tu vois ?

Je rapprochai Remy de la fenêtre de la cuisine pour qu'elle regarde dehors. L'orage était passé depuis longtemps ; le ciel du petit matin était clair et lumineux. Il est tout de même surprenant que Remy ait dormi pendant toute la durée de l'orage.

Remy poussa un petit cri.

J'eus l'impression d'avoir une pierre dans l'estomac en voyant les dégâts à la lumière du jour. Ça avait l'air apocalyptique. Il y avait une branche d'arbre dans la maison de Joy, celle-ci ayant fait un trou dans le toit et le mur latéral. Je pouvais voir la charpente et l'isolation détrempée.

Joy aurait pu mourir ! Si elle avait été une métamorphe, elle aurait été blessée mais aurait rapidement guéri. Mais ce n'était pas le cas. Si l'arbre ou de grosses poutres de la maison l'avaient frappée, j'aurais perdu ma compagne.

Cette pensée me glaça le sang. Et si j'avais découvert que ma compagne vivait à côté de chez moi, et qu'il était trop tard ?

Non, ce n'était pas ça. J'aurais eu peur que quiconque soit blessé de la sorte. N'importe quel voisin.

— Elle va bien ? demanda Remy, son petit menton vacillant.

Je stoppai ces pensées funestes avant qu'elles ne prennent de l'ampleur. Joy était en sécurité dans mon lit. Je l'avais ramenée chez moi et je l'avais débarrassée de sa peur et de son traumatisme. J'avais pris en charge la sécurité et les besoins de ma compagne, sans même réaliser qu'elle était à moi.

— Ne t'inquiète pas, elle va bien. Toi aussi, tu casses parfois des choses, comme cette tempête.

— Est-ce qu'elle peut rester ici ?

Je secouai la tête.

— Elle a sa propre maison. Je suis sûr que quelqu'un va boucher le trou dans le toit et la fenêtre aujourd'hui, pour qu'elle puisse y dormir ce soir.

Elle réfléchit un instant, sembla rassurée et demanda :

— Je peux aller voir ce que la tempête a cassé ?

— *Non*, répondis-je trop brusquement–probablement en insufflant un ordre alpha dans ma voix.

Le petit corps de Remy sembla tout à coup se figer.

Elle avait beau être une louve avec des capacités de guérison supérieures, c'était quand même dangereux là-bas.

Remy était habituée à mon humeur grincheuse, mais le commandement alpha la fit pleurer. Des larmes apparurent dans ses grands yeux.

Je regrettai instantanément mes paroles.

— Je suis désolée, ma chérie. Papa ne veut pas que tu ailles là-bas parce qu'une partie du toit pourrait s'effondrer. Les dégâts causés par cette tempête sont dangereux. Je ne veux pas que tu sois blessée. Jamais.

Elle continua à faire ses yeux de petit chiot blessé, et je la serrai dans mes bras.

— Je ne voulais pas te faire peur. Tu sais ça ?

Elle acquiesça, sa lèvre inférieure toujours en avant, elle avait l'air adorable. Cette petite fille me faisait fondre.

Je la posai sur le plan de travail pour lui embrasser la tête.

— Qu'est-ce que c'est ? s'exclama-t-elle en découvrant le chocolat froid et intact de Joy sur le plan de travail à côté de la cuisinière.

— Oh, je l'ai fait pour Joy, mais il n'est plus bon maintenant.

Je lui pris la tasse avant qu'elle ne puisse la goûter et la jetai dans l'évier.

— Attends ! Papa ! s'écria-t-elle.

— Je te promets que si tu manges deux œufs et deux tranches de bacon au petit déjeuner, je te ferai du chocolat chaud. Marché conclu ?

D'habitude, je ne la laissais pas consommer autant de sucre ou de caféine le matin, mais jeter une pleine tasse de chocolat sous son nez, ce n'était pas très gentil, même si le lait avait probablement tourné.

Elle se réjouit instantanément.

— D'accord.

Je la laissai sur le plan de travail pendant que j'attrapai une poêle à frire dans le placard.

— Bonjour.

Mon loup poussa un grognement d'approbation lorsqu'une Joy tout ébouriffée entra dans la cuisine, toujours vêtue de ma chemise à carreaux–boutonnée cette fois– qui lui tombait jusqu'aux cuisses. Putain, elle me mettait l'eau à la bouche.

— Joy !

Remy sauta du plan de travail et courut vers Joy qui

émit un petit ouf de surprise lorsque ses jambes furent prises en étau pour un câlin.

Maintenant que je savais que Joy était ma compagne, chaque mot qu'elle adressait à mon enfant était important.

Son sourire franc et spontané, son visage rayonnant, sa façon de serrer Remy dans ses bras et de lui ébouriffer les cheveux avaient une signification toute particulière.

J'avais envie de la jeter sur mon épaule et de la ramener au lit pour un autre round.

Ma bite frémissait à l'idée de recommencer.

Mais non. Je devais la pousser vers la sortie avant que Remy ne s'attache à elle.

Bon sang, je ne savais même pas si Joy *avait envie* d'une autre partie de jambes en l'air avec moi. Elle avait évacué son stress la nuit dernière, essayé d'évacuer toute l'adrénaline provoquée par l'accident.

Peut-être que je n'avais été qu'un moyen de parvenir à ses fins.

Cela ne signifiait certainement pas qu'elle était prête à emménager et à ce que je la marque. Ou à m'épouser, j'avais juste répondu à son besoin. Cela ne signifiait pas qu'elle était prête à s'engager avec mon enfant.

Et tout cela était important. Je ne pouvais pas laisser Remy s'attacher à elle et avoir le cœur brisé si Joy n'était pas intéressée par nous.

J'avais besoin de bien jouer le coup. Joy était

humaine et ne me reconnaissait pas comme son compagnon prédestiné. Johnny, l'un des gars qui travaillait au ranch avec moi, m'avait dit qu'il avait dû faire en sorte qu'Emma, sa nouvelle compagne humaine, tombe amoureuse de lui. Il avait frappé à sa porte pour tuer son patron et avait découvert qu'elle était sa compagne. Il avait donc dû changer de cap, rapidement.

« Faire tomber » une femme humaine amoureuse était déjà assez difficile, mais le faire avec un enfant de quatre ans était d'un tout autre niveau.

Surtout que je n'étais pas exactement Roméo. En fait, j'étais exactement le contraire. Je n'avais jamais été à la hauteur en matière de relations amoureuses. J'étais devenu le papa célibataire grincheux qui ne savait même pas comment organiser un rendez-vous avec une femme. Les métamorphes ne *sortaient* pas ensemble.

En y repensant, je n'avais pas réussi à satisfaire la mère de Remy, Soraya, à un quelconque niveau. Bon, je l'avais satisfaite avec un orgasme la seule fois où nous avions baisé pendant la course de la pleine lune.

Après ça, plus rien. Je n'avais jamais réussi à satisfaire ses besoins et elle avait toujours été malheureuse.

Elle s'était enfuie à la première occasion. Je ne lui avais pas suffi. Je n'étais pas sûr de pouvoir répondre à tous les besoins émotionnels, physiques et sexuels de ma future compagne.

Et comme en plus elle était humaine ? Et tellement

rayonnante ? Je bloquerais tous ces rayons avec mes nuages.

Je la détruirais.

Jusqu'à présent, je n'avais fait que dire à Joy que j'allais la baiser et qu'elle n'était pas sage parce qu'elle n'avait pas obéi. Oh oui, et je lui avais donné une fessée sur son magnifique cul. C'était peut-être torride, mais ce n'était pas une véritable sortie à deux. Il n'y avait rien eu de définitif là-dedans.

Elle avait voulu une nuit de sexe ? Je lui avais donné. Oh, je lui avais tout donné.

Mais je n'avais pas la moindre idée de comment la faire tomber amoureuse de moi.

Ni–et c'était bien plus important–comment la faire *rester.*

Néanmoins, le regard de Joy croisa le mien, et la chaleur qui s'en dégagea fit disparaître tout le reste.

Une sensation de bien-être m'envahit, chassant mes objections.

— Que dirais-tu d'œufs brouillés et de bacon ? demandai-je en ouvrant le réfrigérateur pour en sortir les ingrédients.

Elle jeta un coup d'œil à sa maison par la fenêtre et l'expression positive de son visage disparu.

— Je dois passer quelques coups de fil concernant les dégâts.

— La maison peut attendre, dis-je fermement, même

s'il aurait probablement mieux valu pour Remy que je renvoie Joy chez elle.

Toutefois, mon loup ne supportait pas que je ne la nourrisse pas. Le besoin de s'occuper d'elle était trop fort.

— Tu as besoin d'un bon petit déjeuner avant d'appeler ton assurance et tout le reste.

Remy la prit par la main et la conduisit à la table de la cuisine.

Joy hésitait encore.

— Assieds-toi et mange.

J'avais dit cela d'un ton grincheux. Formidable. J'étais peut-être même intimidant. Il fallait que je travaille là-dessus. Bordel de merde.

Remy sortit une chaise et la tapota.

— Si tu manges deux œufs, tu auras droit à un chocolat chaud.

Au grand soulagement de mon loup, ma belle voisine s'installa sur la chaise.

— Ton papa est sévère, non ?

Sa voix était légère, mais quand je regardai par-dessus mon épaule, je perçus de la chaleur et des sous-entendus dans le regard qu'elle me lança.

Comme si elle *aimait* que je sois sévère.

Elle voulait que je sois le type qui la prenne avec force, celui qui lui disait ce qu'elle devait faire.

Elle aimait même parfois ne pas être sage.

Putain, j'étais vraiment dans la merde.

## 11

JOY

Deux heures plus tard, l'estomac plein d'œufs et de chocolat chaud, je me tenais dans ma chambre à coucher dévastée. Le plancher en bois était gonflé et déformé par la pluie. Il y avait des décombres partout.

J'avais appelé l'assurance et avais envoyé les photos que j'avais prises avec mon téléphone. Mais comme je n'étais pas la seule cliente de la région à avoir eu un sinistre lié à la tempête, ils avaient dit qu'un expert se rendrait sur place dans deux ou trois jours. Plus tôt, si possible.

— Deux ou trois jours, marmonnai-je en regardant mon lit renversé.

Je me souvenais de la façon dont Wes l'avait soulevé

et jeté sur le côté. Je savais de première main qu'il avait des muscles solides, travailler dans un ranch l'avait certainement rendu très fort.

Mon vagin se contracta en repensant à la nuit précédente. J'étais endolorie et, pendant un jour ou deux, je n'allais pas oublier ce que nous avions fait. Tout ça à cause de la tempête. À cause de l'adrénaline.

Parce que... j'avais eu envie de Wes, et la nuit dernière, rien n'aurait pu m'empêcher de l'avoir. Oui, un orage avait fait ressortir la cochonne qui sommeillait en moi.

Il avait aussi fait s'écrouler mon plafond et mon toit.

Les plaques de plâtre s'étaient brisées comme des coquilles d'œuf et avaient tout recouvert. L'isolation était un monticule duveteux mais détrempé au milieu du plancher. Comme une barbe à papa toute triste. Je levai les yeux vers le trou dans le plafond. Je pouvais voir encore plus d'isolation et la charpente située sous les combles. Je pouvais voir plus loin, et apercevoir le ciel. En plus, il y avait la branche d'arbre. Elle se trouvait dans les combles et de petites branches avaient aussi traversé le plafond et étaient tombées pêle-mêle sur le sol de ma chambre.

— J'ai toujours voulu avoir un velux, me dis-je en voyant le ciel bleu à travers le trou dans le toit.

Non, cela ne pouvait pas rester comme ça. Il y avait

une bâche dans le garage. Je pouvais la mettre sur le trou jusqu'à ce que les réparations soient faites.

Mon portable sonna. Je le saisis, espérant que c'était l'expert de l'assurance qui me disait que quelqu'un pouvait venir aujourd'hui pour au moins réparer le toit.

— Mince, me dis-je en répondant à l'appel parce que je ne savais jamais quel serait l'état émotionnel de ma mère.

Elle avait souvent besoin de moi pour la sortir d'un mauvais pas, et pas toujours de façon métaphorique. Elle était dépressive.

— Bonjour, maman.

— Bonjour, ma chérie.

Je pouvais entendre son stress dans sa voix.

Oh, non.

— Qu'est-ce qui se passe ?

Il se passait toujours quelque chose. Qu'il s'agisse d'un drame entre elle et ses sœurs, de son patron au travail ou du fait qu'elle ait vu mon père en ville, il y avait toujours quelque chose qui perturbait ma mère.

— Oh, chérie, tu ne vas pas croire ce qui s'est passé. Le climatiseur que tu m'as acheté a été abîmé pendant la tempête de la nuit dernière.

— Oh non !

Nous étions dans le Montana. Les climatiseurs n'étaient pas légion parce qu'il ne faisait pas si chaud que ça. La température pouvait être inconfortable pendant une semaine, mais elle se rafraîchissait la nuit. Cependant, j'avais acheté un climatiseur à ma mère il y avait quelques années parce que ses allergies lui causaient beaucoup de soucis et qu'elle avait du mal à dormir. Parce que les personnes dépressives qui ne dorment pas peuvent sombrer rapidement. Mais je savais que l'air frais et filtré était bénéfique à la fois pour les allergies et pour le sommeil.

— C'est terrible ! Je ne sais pas quoi faire. Tu crois que l'assurance va couvrir ça à cause de la tempête ?

Je soupirai en songeant au cauchemar que représentait ma propre assurance.

— Oui, mais avec la franchise, ça ne vaudra probablement pas le coup.

— Oh.

Elle avait l'air déprimé.

Et puis merde. Je n'avais pas d'argent, mais je me débrouillerais.

— Maman, appelle une entreprise de climatisation pour qu'elle vienne s'en occuper.

— Je ne pense pas pouvoir me le permettre si l'assurance ne paie pas, dit ma mère d'une voix faible.

Elle travaillait à temps partiel comme réceptionniste dans un cabinet comptable. Avant le divorce de mes parents, elle avait été mère au foyer. Elle préparait des biscuits, s'occupait de l'association des parents d'élèves.

Elle avait compté sur mon père pour tout. Cela avait fait partie de leur mode de fonctionnement. Après le divorce, même après toutes ces années, elle ne s'en était jamais vraiment remise. Elle n'avait jamais pu s'occuper d'elle-même, que ce soit sur le plan émotionnel ou financier. Elle pleurait. Elle sombrait dans une spirale négative. Elle essayait, elle essayait vraiment de s'en sortir. Par moment, elle semblait reprendre sa vie en main, mais quelque chose la faisait reculer, et tout s'écroulait à nouveau.

Elle ne pouvait pas résoudre les problèmes par elle-même—son état émotionnel la poussait à se fermer lorsque les choses devenaient compliquées ou difficiles à comprendre ou qu'elles nécessitaient un quelconque effort.

C'était moi qui m'occupais d'elle depuis que mes parents avaient divorcé.

Elle dépendait de moi.

Je savais que la dépression n'avait pas de sens. Maman ne comprenait pas qu'elle était censée être l'adulte. Le parent.

Adolescente, c'était vers moi qu'elle se tournait pour pleurer. Elle se plaignait de mon père, puis pleurait, en disant qu'elle l'aimait encore l'instant d'après. J'avais été celle qui avait payé les factures. Etabli un budget. J'avais trouvé un emploi dans un restaurant après l'école pour gagner plus d'argent, puis plus tard au Cody's Saloon, lorsqu'elle avait été licenciée de son travail parce qu'elle n'arrivait pas à sortir du lit.

Au fil des années, rien n'avait changé. Elle était toujours déprimée. Elle avait toujours besoin que je la sorte du pétrin.

— Clyde ne te propose pas de faire plus d'heures ? demandai-je en faisant référence à son patron actuel. Tu sais qu'il a un faible pour toi depuis des années. Combien de fois t'a-t-il invitée à aller prendre un verre ? Il ferait n'importe quoi pour toi.

— Plus d'heures ?

— Oui. Plus d'heures pour couvrir le coût du climatiseur.

— Ton père était censé...

Je soupirai. Encore mon père. Mon Dieu. Mes parents avaient été engagés dans une bataille juridique pendant plusieurs années pour la garde et la pension alimentaire, qui s'était finalement terminée lorsque j'avais eu dix-huit ans et qu'il avait déménagé à Missoula.

— Papa est parti il y a longtemps. Il ne paiera jamais la pension alimentaire qu'il te doit. Demande à Clyde de te donner plus d'heures. Ou mieux encore, dis-lui oui pour aller boire un verre et laisse-le t'emmener dîner.

Je souris en pensant à un tel petit rendez-vous.

Elle soupira.

— Je suis trop vieille et...

— Non, pas du tout. Clyde ne te demanderait pas de sortir encore et encore s'il n'était pas intéressé par toi.

— Oui. Tu as probablement raison. Je vais voir. Quoi qu'il en soit, je ne pense pas pouvoir remplacer le climatiseur avant le premier du mois, et il a fait si chaud.

— Je sais, maman, dis-je d'un ton radieux. Un arbre est tombé sur mon toit la nuit dernière, et il y a un trou énorme dans mon plafond maintenant.

Ma mère poussa un petit cri.

Zuuuut.

Voilà pourquoi je n'avais pas eu envie de le lui dire. Elle allait en faire toute une histoire, alors que j'allais me débrouiller pour gérer au mieux la situation.

— Joy ! Ma chérie, tu vas bien ? C'est affreux ! Tu as appelé les pompiers ? Qu'est-ce que tu vas faire ? Oh non, c'est horrible.

— Ce n'est pas horrible, maman. Je me dis que c'est une aventure. Ce sera comme camper dans ma propre maison pendant un certain temps jusqu'à ce que je puisse la faire réparer. Je me disais que j'avais toujours voulu un velux.

Ma mère poussa un autre soupir horrifié.

— Joy, tu ne peux pas rester là-bas. Ma chérie, ce n'est pas prudent. Et–oh mon Dieu –tu vas probablement avoir de la moisissure ! se lamenta-t-elle. Y a-t-il eu un dégât des eaux ? La moisissure peut causer toutes sortes de problèmes de santé. Oh, c'est un cauchemar. Est-ce que tu veux que je vienne t'aider ?

Dans mon esprit, je voyais ma mère faire les cent pas dans sa cuisine, se tordant les mains à propos de tout cela. La dernière chose dont j'avais besoin, c'était que ma mère vienne m'aider.

— Non, dis-je rapidement. Je gère, la rassurai-je, l'assurance va prendre en charge les réparations. Ne t'inquiète pas pour moi. Toi, tu t'occupes d'appeler les techniciens pour ta climatisation, d'accord ?

— Oh. Eh bien, peut-être bien, dit-elle.

Elle n'allait pas les appeler ni dire oui à Clyde. Elle allait juste souffrir et me rendre dingue en me disant qu'elle ne pouvait pas dormir la nuit sans la clim.

Mince. Mais je n'avais pas l'énergie mentale nécessaire pour régler ce problème pour elle pour le moment. Je devais rester positive pour moi-même. J'avais une commande de poterie à refaire. Et je devais trouver un moyen de mettre ma chambre à l'abri des intempéries jusqu'à ce que les experts de l'assurance passent dans quelques jours.

— Je dois y aller, maman. Je t'aime !

— Oh, dit-elle d'un air déçu. D'accord, ma chérie. Je t'aime.

Je raccrochai et soupirai. Cela me tuait quand ma mère était déprimée, mais je n'avais plus d'énergie pour la sauver aujourd'hui.

J'étais trop occupée à me sauver moi-même.

J'étais vraiment à court d'argent ce mois-ci. J'avais anticipé le paiement de la cargaison de poterie qui s'était cassée. Maintenant, je devais passer du temps à tout refaire alors que ce temps aurait pu être utilisé pour créer de nouvelles choses. J'avais ma propre maison à réparer, et cela n'allait pas être bon marché non plus.

Mais la bonne nouvelle, c'était que mon atelier de poterie, situé dans mon garage, n'avait subi aucun dommage. Je pouvais continuer à travailler mon argile. Mon entreprise pouvait encore fonctionner.

J'avais eu de la chance, vraiment.

De plus, mon salon n'avait pas été endommagé et mon canapé était très confortable. Comme il était hors de question que je loge chez ma mère–et dans sa maison trop chaude, j'allais être très bien sur mon canapé.

Je pouvais toujours reprendre mon travail à temps partiel chez Cody. J'y avais travaillé pendant des années lorsque je montais mon affaire, mais j'avais démissionné lorsque j'avais enfin réussi à pouvoir en vivre.

Ce serait amusant. Revoir des visages familiers au bar. Travailler tard le soir.

J'avais besoin de sortir davantage, et c'était un bon moyen pour y parvenir, n'est-ce pas ?

## 12

WES

LA PRÉSENCE de Joy chez moi ce matin m'avait fait perdre mes habitudes. Mon cerveau s'était emmêlé les pinceaux concernant la façon d'aborder les choses avec elle–un problème que je n'avais pas résolu, d'autant plus que mon loup avait une opinion très précise–et j'avais été en retard pour déposer Remy à l'école.

Puis, en arrivant au ranch, je m'étais rendu compte que j'avais laissé mon téléphone à la maison.

Ce n'était pas très grave–je n'étais pas du genre à passer du temps à naviguer sur le web ou quoi que ce soit d'autre, mais lorsque j'avais pensé que je ne serais pas disponible si l'école m'appelait, j'avais décidé qu'après avoir effectué mes tâches matinales habituelles dans la grange, je devrais retourner à la maison à l'heure du déjeuner pour le récupérer.

Je m'arrêtai devant la maison pour trouver...

*Oh, non.*

Ma compagne était debout *sur son toit*, une gigantesque bâche de camping bleue dans les mains, sur le point de briser son beau cou.

Qu'est-ce qu'elle faisait, bordel ?

Je bondis hors de ma camionnette–en prenant juste le temps de la garer–et courus jusqu'à la maison de Joy sans la quitter du regard. Sa maison était de plain-pied, mais une chute serait tout de même d'au moins trois mètres.

Elle était humaine. Elle pouvait se casser quelque chose.

Elle perdit l'équilibre, lâcha la bâche et fit tournoyer ses bras pour le retrouver.

— Joy ! criai-je, me transformant presque en loup face au danger présent.

Elle retrouva son équilibre et se retourna tout simplement vers moi pour m'adresser un sourire amical.

— Oh, salut, Wes.

Mon cœur battait la chamade et mon loup sautait pratiquement dans les airs pour l'atteindre.

Elle se tenait sur le toit, vêtue d'un bustier triangulaire qui me donnait envie de lécher une ligne partant de son ventre nu et remontant jusqu'à un téton.

Je me plaçai en dessous d'elle et mis les mains sur les hanches.

— Ne me fais pas de *oh, salut*, ma belle. Qu'est-ce que tu fous sur le toit ? lui lançai-je, en oubliant de réduire mon agressivité, qui était alimentée à la fois parce que j'avais peur pour sa sécurité et parce que je la désirais tellement.

Mais je n'avais pas le droit de lui parler ainsi.

Elle n'avait pas besoin d'être grondée.

Si, elle en avait besoin. Elle avait vraiment besoin d'être grondée à cause de son imprudence.

Mais c'était ma voisine, pas ma petite amie. Ma voisine avec qui j'avais baisé la nuit dernière. Nous n'avions aucune forme d'engagement l'un envers l'autre. Je voulais juste qu'elle soit ma baby-sitter.

Mon loup pensait que c'était une idée ridicule. Il était dévoué à elle, mais elle ne le savait pas. Elle ne me devait rien, pas même une explication sur la raison pour laquelle elle avait choisi de grimper sur son toit délabré.

Apparemment, elle ne semblait pas s'inquiéter de mon humeur grincheuse, car son sourire s'élargit.

Le sourire qui me rendait fou.

Elle ignora complètement ma question.

— Peux-tu me lancer la bâche que j'ai laissée tomber ? demanda-t-elle en pointant du doigt l'objet perdu.

— Te lancer la... Aucune chance. Tu en es où avec les gars qui venaient faire les réparations ? demandai-je.

— L'expert a dit qu'ils passeraient dans quelques jours.

Quelques jours ? Elle avait donc décidé de faire elle-même quelques réparations temporaires ?

— *Je* couvrirai ton toit, dis-je, me reprochant de ne pas avoir anticipé ses besoins avant que nous ne partions ce matin. Il faut que tu descendes de là avant de tomber ou que le reste du toit s'effondre.

Elle imita ma position, les mains sur les hanches, et pencha la tête sur le côté.

— Je peux m'en occuper.

— Pas question, répliquai-je.

— Mais...

— Il est hors de question que tu prennes ce genre de risques pendant que je vis à côté de chez toi.

J'aurais dû m'excuser de lui avoir mal parlé. Elle était probablement capable de mettre la bâche sur le trou toute seule. De la clouer. Mais elle pouvait tomber et ne pas guérir comme un métamorphe. Sauf qu'elle ne savait pas que c'était pour ça que j'étais si catégorique.

— Ah oui ?

Il y avait une pointe de provocation dans sa voix.

J'étais en train de tout foutre en l'air. J'ouvris la bouche en espérant que les bons mots sortiraient, mais ensuite j'aperçus le contour des tétons de Joy.

Elle ne portait pas de soutien-gorge sous ce haut minuscule, et il était clair que ses tétons venaient de se mettre à pointer.

À cause de quoi ? Parce qu'elle me regardait ?

Ou était-ce mon attitude autoritaire qui l'excitait ?

Elle avait dit que j'étais sévère ce matin, mais le regard qu'elle m'avait adressé me faisait penser qu'elle aimait bien que je prenne les choses en main.

Depuis que j'étais sorti de la voiture, j'avais été autoritaire et j'avais justement pris les choses en main.

Putain, oui, ma belle.

Je serais ton chef. Je te dominerais jusqu'à ce que tu finisses dans mon lit.

— Ouais, répliquai-je, tu n'es vraiment pas sage.

Pour faire un essai. Pour la tester.

Elle s'accroupit pour se mettre assise sur le bord du toit et battit des pieds comme une gamine.

Elle portait des tongs. Des tongs ! Sur un putain de toit ! Joli, mais pas fonctionnel.

— Tu vas me donner une fessée ? demanda-t-elle en penchant la tête et en me faisant à nouveau ce petit sourire.

Ma bite devint dure comme de la pierre face à son ton suggestif et je me demandai si sa chatte était endolorie par les coups de boutoir que je lui avais donnés la nuit précédente.

Ouf, je n'avais pas mal interprété la situation. C'était bon à savoir.

Je me rapprochai jusqu'à ce que je me tienne juste en dessous d'elle.

— Exactement, ma belle. Tu as deux choix. Tu peux descendre de l'échelle ou sauter. Dans les deux cas, si tu descends tout de suite, je serai indulgent avec toi.

Je tendis les bras pour lui montrer que j'allais la rattraper.

Une rougeur lui monta au cou et je perçus l'odeur de son excitation à travers la brise légère.

— Tu veux que je saute ?

— C'est ça, ma belle. Saute, et je vais te montrer les conséquences de ton imprudence. Ce sera une leçon que nous apprécierons tous les deux.

Ma belle compagne. Elle n'hésita pas une seule seconde. Elle se jeta du bord du toit.

Je l'attrapai dans mes bras, en pliant les genoux et la faisant tourner pour minimiser l'impact qu'elle avait pu ressentir.

— *Bon sang.*

Elle avait l'air impressionnée.

J'aimais la façon dont elle me regardait, comme si j'avais quelque chose qu'elle désirait. Comme si j'étais la chose qu'elle désirait.

— Et mon toit ? demanda-t-elle.

— Je m'en occuperai plus tard. Je dois d'abord m'occuper de toi. Tu vas voir ce qui se passe quand tu me fais avoir une crise cardiaque comme ça.

Je la portai jusqu'à ma maison, la basculant par-dessus mon épaule lorsque nous arrivâmes à la porte, afin que je puisse sortir mes clés.

— Quoi ? cria-t-elle alors que je la jetais en l'air pour la repositionner. Oh mon Dieu. Wes, tu es une bête.

— Exactement, ma belle, je suis une bête.

J'entrai dans la maison et la portai jusqu'au salon où je la remis sur ses pieds à côté du canapé.

Ses joues avaient pris une jolie teinte rosée à force d'être à l'envers, ce qui illuminait encore davantage ses yeux bleus. Ses fossettes se plissaient alors qu'elle me regardait, son souffle s'accélérait sous l'effet de l'excitation.

— Mon dieu, tu es magnifique, je vois qu'ils pointent dans ma direction, dis-je, en pinçant l'un de ses tétons saillant entre les jointures de mon index et de mon majeur, à travers son haut.

Nos regards se croisèrent.

Dans ses yeux, je lisais son excitation.

— Tourne-toi, petite imprudente, lui dis-je en décrivant un cercle avec mon doigt. Je vais faire rougir ton derrière.

Elle hésita.

— Hum, où est Remy ?

— À l'école.

J'attendis, voulant être sûr qu'elle était vraiment consentante après cette réponse. Qu'elle en avait envie. Lorsqu'elle se tourna lentement vers le canapé, je remplis mes deux mains en lui serrant les fesses.

— Bravo, tu es une gentille fille, la félicitai-je en tendant la main vers l'avant de son bassin pour déboutonner son short. Enlève ça, que je puisse voir les empreintes de mes mains quand je te donnerai la fessée.

Ses doigts se posèrent sur les miens, et je m'arrêtai à nouveau, attendant son consentement.

Aucun de nous deux ne bougea pendant un moment.

— Enlève ton short, lui murmurai-je à l'oreille, puis j'attendis son accord.

Elle obéit instantanément, comme la merveilleuse et douce femme qu'elle était. Elle déboutonna et fit descendre la fermeture éclair de son short en jean, puis le fit glisser le long de ses hanches, ainsi que sa petite culotte. Ils tombèrent sur le sol et elle fit un pas pour s'en éloigner.

— C'est ça, ma jolie. Comme ça.

J'attrapai ses poignets et les tirai doucement en arrière, puis je penchai son torse sur le côté de l'accoudoir rembourré du canapé. C'était un support parfait pour ses hanches.

En maintenant ses poignets attachés au bas de son

dos, je passai un moment à admirer son cul parfait, en faisant des caresses circulaires sur ses fesses avec ma main libre. Puis je retirai ma main et lui donnai une claque.

J'y allai doucement parce qu'elle était humaine et je ne voulais pas lui faire mal.

Comme elle ne faisait pas de bruit, je redoublais d'ardeur en frappant l'autre fesse.

Cette fois-ci, elle haleta. Je continuai à cette intensité, fessant d'un côté puis de l'autre pour une demi-douzaine de tapes rapides.

Je voulais que ça pique un peu, pas que ça l'effraie. Je m'arrêtai pour la frotter, et je laissai mes doigts glisser entre ses jambes.

— Tu es trempée, ma belle.

Je passai mes doigts dans son nectar et le goûtai.

— J'adore ton goût, putain.

Je libérai ses poignets et la retournai pour qu'elle soit face à moi. Elle saisit la boucle de ma ceinture et la défit.

— Tu veux encore ma bite, Joy ? Je pensais que tu aurais besoin d'une pause vu comme tu l'as chevauchée la nuit dernière.

Elle se lécha les lèvres en s'agenouillant.

— Ma bouche n'a pas besoin d'une pause, dit-elle en m'ouvrant la braguette.

— Oh, putain, *oui.*

J'enroulai mes doigts autour de son chignon un peu défait.

— Bon sang, oui, ma belle.

Je l'aidai à libérer ma bite en érection.

Elle saisit la base et ouvrit sa bouche pulpeuse, puis elle sortit sa langue et lécha tout autour de mon gland.

Un frisson de plaisir me parcourut.

— Putain, murmurai-je.

Elle était si belle à voir, agenouillée à mes pieds, vêtue seulement de son petit haut, son cul tout rouge avec les empreintes de mes mains.

Elle passa sa langue sur le bord de mon gland. La chaleur de sa bouche se mêlait à l'effet rafraîchissant de l'air, créant une sensation exquise. Lorsqu'elle prit tout le gland dans sa bouche, j'étais sur le point d'exploser.

— Oh, Joy, gémis-je. Tu me tues, ma puce. C'est trop bon.

Elle leva son regard vers le mien, sourit tout près de ma bite avant de l'enfoncer plus profondément dans sa gorge.

Cette femme était incroyable. Pas seulement la pipe, mais la femme qui la faisait. Un vrai rayon de soleil spontané et lumineux qui m'aveuglait presque.

Je voulais en avoir plus.

Pas seulement son corps, mais son cœur. Son âme. Je voulais connaître ses secrets. Découvrir ce qui la faisait rire, mais aussi ce qui la faisait pleurer.

Et quelque chose dans cette pensée–l'idée que je pouvais *tout* avoir avec Joy–rendit soudain l'idée de ne *pas* l'avoir encore plus dévastatrice.

Dans cette situation, je ne devais pas seulement protéger le cœur de mon enfant.

Je devais protéger le mien.

Je chassai toutes ces pensées et me concentrai sur le plaisir qu'elle m'offrait. Ma voisine audacieuse et radieuse me prenait aussi profondément qu'elle le pouvait. Elle suçait fort en se retirant, et semblait fredonner lorsqu'elle me reprenait en bouche.

Elle me *tuait*.

— Putain, Joy, marmonnai-je. Putain.

Elle accéléra le mouvement de sa bouche sur ma bite.

Je resserrai mon emprise sur son chignon.

— Ma belle, tu me rends dingue, dis-je en arrêtant de respirer. Il faut que tu me dises tout de suite si tu veux que je te jouisse sur le visage ou si tu veux que je te renverse sur le canapé et que je te baise fort pour avoir été une si vilaine fille.

Mes paroles l'excitèrent. Elle se retira et s'assit sur ses talons, la mâchoire desserrée. Ses doigts se glissèrent entre ses jambes pour se caresser. Elle avait besoin d'attention à cet endroit-là.

Je l'attrapai par les coudes pour la remettre debout et la tournai vers le canapé.

— Oh, mon Dieu, murmura-t-elle lorsque je la repoussai sur le canapé.

— Tu veux que je te prenne en profondeur, ma puce ?

— Hum...

— Je te vais te prendre bien profond et bien fort.

Je lui écartai les fesses et m'agenouillai pour goûter à sa chatte délicieuse. Elle était encore plus mouillée qu'après sa fessée. Elle était assurément prête à me prendre.

Je pris tout de même mon temps pour la goûter, mémoriser sa saveur et adorer les petits gémissements qu'elle émettait.

Je me plaçai derrière elle et fis glisser mon gland dans sa cyprine, en poussant doucement contre sa fente. Elle était ouverte et lisse, et je réussis à me glisser en elle sans souci.

— Oh, ma belle, je n'arrive pas à décider ce que j'aime le plus–ta bouche ou ta chatte merveilleuse.

Elle se cambra et me prit encore davantage.

— Mmm, c'est bien. Tu veux que je mette chaque centimètre, n'est-ce pas ?

Elle gémit pour acquiescer.

— Quelle gentille fille.

Je glissai mes doigts autour de sa gorge, sans la serrer, mais en la maintenant doucement pendant que j'entrais et sortais de sa chatte. Je relevai son torse, de sorte qu'elle était magnifiquement cambrée.

Elle adorait ça. Elle criait, stimulant encore ma bite.

— Oui, tu veux encore jouir sur ma bite, n'est-ce pas, ma belle ? lui demandai-je en établissant un rythme régulier.

— Oui, gémit-elle.

— Tu veux que je te baise plus fort ?

— Oui, s'il te plaît.

Je la pilonnais davantage, faisant claquer mes cuisses sur ses fesses.

Elle poussa un petit cri.

— Ça te plaît, ma puce ? Ou est-ce que c'était trop fort ? lui demandai-je en recommençant.

— C'est bon, gémit-elle. C'est tellement bon.

J'accélérai la cadence, la pénétrant avec force. La pièce se remplit des bruits de corps s'entrechoquant, et sa cyprine dégoulinait autour de mes couilles. Je commençais à être étourdi par mon désir de jouir.

Oh, putain. Ce n'était pas seulement le besoin de jouir. Mes canines s'étaient légèrement allongées et étaient enduites de sérum. Mon loup voulait la marquer.

Si j'avais eu le moindre doute sur le fait qu'elle était ma compagne, il s'évanouissait maintenant. Une morsure rapide, et elle serait à moi pour toujours.

Mais, bien sûr, je ne pouvais pas le faire sans qu'elle ne le comprenne. Sans son consentement. Et obtenir ce consentement était un problème que je ne savais pas comment aborder.

Je refermai mes lèvres sur mes dents et inspirai profondément par les narines, essayant de maîtriser mon loup.

*C'était trop tôt.*

Et peut-être que ça n'arriverait jamais, me rappelai-je. Je devais rester vigilant. Garder nos cœurs–celui de Remy et le mien–en dehors de la partie jusqu'à ce que je sois sûr que cela puisse fonctionner.

— Je t'en prie, supplia Joy.

Oh, putain. Ma compagne me suppliait ? Elle avait besoin que je la satisfasse alors que je pensais à protéger mon cœur. Quel genre de crétin étais-je ?

Je tendis la main vers ses hanches et plaçai la pulpe de mon index sur son clito.

— Ne jouis pas tant que je ne te l'ai pas permis, grognai-je contre son oreille.

Elle cria en sentant qu'on touchait sa zone la plus sensible.

— Quoi ? Pourquoi ? pleurnicha-t-elle pratiquement.

Elle était impatiente de jouir.

— Parce que c'est moi qui commande. Quand je te dirai que c'est le moment, tu vas jouir sur ma bite. Plus fort que tu n'as jamais joui dans ta vie. Tu comprends ?

Elle hocha la tête d'un mouvement franc.

Je la baisai avec force tout en tapotant son clito avec mon doigt.

— Un...

Mes couilles se contractèrent. J'avais autant envie de me lâcher que Joy.

— Deux...

— S'il te plaît ! gémit-elle.

# 13

JOY

JE CRIAI parce que c'était si bon. Ce n'était pas un petit tremblement orgasmique, mais un tremblement de tout mon corps–non, un tremblement de terre.

Le voisin de l'autre côté de ma maison m'avait peut-être entendue. Mes hanches tressaillirent, et mes muscles internes se contractèrent et se relâchèrent autour de la bite de Wes, trayant encore davantage son sperme.

Il grogna et je sentis qu'il me remplissait, giclée après giclée, jusqu'à ce que le sperme commence à glisser le long de mes cuisses.

Il fit tourner son doigt lentement sur mon clito, et je jouis encore un peu plus–en faisant tourner mes hanches et mes muscles internes. Cette fois, ce n'était plus un cri, mais un gémissement.

Il se cambra davantage contre moi, me pressant plus fort contre l'accoudoir du canapé, déversant encore plus de sa semence.

J'étais épuisée et essoufflée, le front enfoui dans le coussin moelleux.

— Ne bouge pas, ma belle. Je reviens tout de suite, dit-il.

Mon visage était sur le côté, je vis donc Wes ranger sa bite et se rendre à la salle de bains. Il revint avec un gant de toilette mouillé et s'en servit pour nettoyer ma chatte et l'intérieur de mes cuisses.

— Putain, grogna-t-il.

Il avait l'air de grogner souvent ces derniers temps, mais je n'étais pas sûre de savoir pourquoi il grognait cette fois-ci.

— Qu'est-ce qu'il y a ? demandai-je en me relevant.

Wes m'aida à me mettre debout.

— Je dois retourner au travail.

— D'accord.

Ce type était difficile à cerner. Était-il intéressé par moi ? Voulait-il juste du sexe ? Il était difficile de savoir à quoi s'en tenir avec un homme peu loquace qui passait pour un ours grincheux lorsqu'il parlait.

Mais je savais que c'était un bon gars.

Et pas seulement au lit.

Il m'avait sauvée la nuit dernière et il avait semblé sincèrement effrayé pour moi quand il m'avait trouvée sur le toit, il n'avait pas agi avec réticence.

— Si je déplie cette bâche tout de suite, est-ce que tu vas remonter sur ce toit ? me demanda-t-il en me désignant ma maison.

Je me tournai de manière à lui tourner mon dos et en faisant ressortir mes fesses. En baissant les yeux, je lui dis :

— Je pense que ces empreintes de mains sont une réponse suffisante.

Ses doigts effleurèrent cette zone encore toute chaude.

— Retourne là-haut encore une fois, et je punirai l'intérieur de ton cul ensuite.

Mon esprit vacilla un instant. Voulait-il dire...

Putain de merde.

— Je n'irai pas sur le toit.

La commissure de sa bouche se releva pour former un soupçon de sourire. Il fallait que je trouve ce que je devais faire pour obtenir qu'il me fasse un vrai sourire.

— Ça te dit ? Que je mette quelque chose dans ton cul, que ce soit un doigt, un plug ou ma bite.

— Non, merci ! bégayai-je.

— Ouais, eh bien, tu rougis jusqu'à tes seins, et tes tétons sont tout durs. Ton corps ne ment pas, ma belle.

— Je... je n'irai plus sur le toit.

— C'est bien. Je vais mettre la bâche maintenant avant de retourner au travail. Tu as dit que les gars de l'assurance ne passeraient pas là avant quelques jours, c'est bien ça ?

Je hochai la tête.

— Oui, ils sont débordés de demandes d'indemnisation à cause de la tempête. C'est pour ça que j'essayais de tout couvrir dès maintenant. Je ne sais pas combien de temps cela prendra avant qu'ils ne commencent les réparations.

Wes fronça les sourcils et se frotta la barbe, son air grincheux habituel à son paroxysme.

— Tu vas loger ici jusqu'à ce que tout soit réparé.

Ici ?

Quel homme autoritaire ! Ce n'était pas une question, c'était un ordre.

J'adorais ça.

Comme je jouais les mères pour ma propre mère dépressive, c'était plutôt agréable d'avoir quelqu'un pour s'occuper de moi.

Mais je ne voulais pas être un fardeau.

— Mais...

Il m'interrompit :

— Pas question que tu dormes à côté avec une bâche sur le côté de la maison et une autre sur le toit. Ça n'empêchera pas les gens d'entrer. Ni les animaux sauvages.

J'ouvris la bouche pour répondre, puis la refermai. Il

m'avait convaincue avec « *animaux sauvages* », et il en était pleinement conscient.

— D'accord.

Je vis à nouveau un sourire se dessiner sur ses lèvres.

— Tu as plus peur d'un raton laveur ou d'un voyou ?

— Sans hésiter, d'un raton laveur.

Ses lèvres s'incurvèrent davantage. C'était presque un sourire.

Je pris cela pour une victoire.

## 14

WES

Après avoir récupéré Remy à la maternelle, nous allâmes acheter des hamburgers et des frites au drive-in, puis nous nous rendîmes à la quincaillerie pour acheter du contreplaqué.

Même s'il y avait une tonne de travail à faire au ranch, Johnny et Colton me rejoignirent chez Joy pour boucher provisoirement le trou béant dans sa fenêtre.

J'avais tendu une bâche sur le trou dans son toit, mais cela ne suffirait pas à protéger la maison, même pour une nuit. Je devais construire quelque chose de plus solide pour la protéger des intempéries et préserver ses affaires.

Dieu seul savait combien de temps il faudrait à l'assurance pour réparer son toit si l'expert ne venait pas avant plusieurs jours.

Je réalisais maintenant que j'avais été dans un état second protecteur induit par le sexe lorsque je lui avais dit qu'elle pouvait rester chez moi. C'était mon loup qui avait parlé.

Cela allait directement à l'encontre de mon plan qui était de protéger Remy de la joie de vivre de Joy. Si je ne voulais pas que Remy pense qu'elle allait avoir une maman, pourquoi allais-je l'accueillir sous mon toit ?

Cependant, je pouvais gérer cette situation. Joy séjournerait chez moi pendant que sa maison était en réparation, pas parce que je sortais avec elle. Mais par gentillesse. Parce que nous étions voisins. Nous nous aidions mutuellement. C'était ainsi que je devais présenter les choses à Remy.

Pas parce que nous baisions. Ni que j'avais envie de recommencer. Encore et encore.

— Je peux t'aider à réparer la fenêtre de Joy, papa ? demanda Remy alors que je me garais devant chez Joy.

Je défis son siège auto et la laissai descendre toute seule.

— Tu peux superviser, lui dis-je.

J'avais appris depuis longtemps que si on disait à un enfant ce qu'il *pouvait* faire plutôt que ce qu'il ne pouvait pas faire, les choses se passaient beaucoup mieux.

— Tu veux que je te dise comment faire ? demanda Remy plissant son petit nez.

Je le tapotai avec mon doigt.

— Tu vas devoir rester sur le porche et nous dire si nous avons bouché tous les trous. C'est important, car il ne faut pas que nous en oubliions. Tu comprends ?

— D'accord.

Elle avait l'air déçue.

— Tu peux aussi sortir les bières du frigo pour les gars. Ça nous aiderait beaucoup.

Remy s'illumina et elle partit en courant.

— D'accord, je vais chercher les bières !

Elle arriva à la porte d'entrée et la frappa plusieurs fois avec la paume de la main, comme si cela allait l'ouvrir par magie.

Entre-temps, Joy était sortie de son garage grand ouvert, probablement pour voir pourquoi j'étais garé devant chez elle et non devant chez moi.

J'observai le bâtiment indépendant. Elle ne s'en servait pas pour garer sa voiture. Le garage était un atelier d'artiste. Il y avait un tour de potier d'un côté et un four dans le coin arrière. Des étagères remplies de poteries blanches étaient alignées contre un mur. L'autre mur était recouvert d'étagères remplies de pièces finies. De magnifiques vases, bols, tasses et assiettes aux couleurs vives étaient alignés avec soin.

— Merde, heureusement que l'arbre n'a pas touché le garage, murmurai-je.

Les yeux de Joy s'écarquillèrent et un large sourire illumina son visage.

— C'est exactement ce que j'ai dit ! Je pense que j'ai eu de la chance.

Je penchai la tête, essayant de comprendre cette logique. J'étais plutôt du genre pessimiste, donc tout ce que je voyais, c'était les dégâts causés à sa maison.

— Je ne sais pas si on peut parler de chance, grommelai-je. Tu aurais pu mourir.

— Papa ! Ouvre la porte ! cria Remy depuis notre maison.

— Viens chercher la clé, lui dis-je.

Elle ne serait probablement pas capable d'ouvrir la porte toute seule avec la clé, mais j'aimais bien laisser une enfant essayer de faire des choses d'adulte. Cela l'occuperait pendant quelques minutes supplémentaires, de toute façon.

— Oh, je ne sais pas. Je dirais que j'ai eu beaucoup de chance.

Le ton suggestif de Joy me fit instantanément bander.

— Écoute... à propos de ça et du fait que tu loges chez nous...

Je me frottai la nuque.

Remy arriva en courant et je lui tendis la clé de la porte d'entrée.

— Salut, Joy ! dit-elle. Je vais surveiller et aller chercher des bières !

Elle s'éloigna en courant, plus intéressée par sa tâche que par la voisine. J'étais tout le contraire. J'étais là pour le travail, mais toute mon attention était concentrée sur Joy.

— Je ne suis pas obligée de dormir chez toi.

Joy fit un geste de la main comme pour balayer mes inquiétudes.

— Ça ne me dérange pas du tout de camper ici sous ma bâche. Même s'il y a des ratons laveurs.

Elle m'adressa un sourire, et je pensais qu'elle était sincère.

Comme si cette fille pouvait transformer n'importe quelle situation en quelque chose de positif. Même alors qu'elle pensait que je venais de retirer mon invitation.

— Non, non. Ce n'est pas ça, dis-je en baissant la voix. Je ne veux pas que Remy sache...

Je m'interrompis, puis déglutis. Tant pis. Je devais être clair avec elle, alors je soutins son regard d'un bleu intense.

— Que je m'intéresse à toi. Je ne veux pas qu'elle se fasse des idées, tu comprends ?

Le visage de Joy s'adoucit.

— Bien sûr, je comprends tout à fait. Je serai juste la voisine qui dort sur le canapé. Enfin, si tu es toujours d'accord pour que je reste chez toi.

— Bien sûr, répondis-je trop vite. Les nuages arrivent, il est hors de question que tu restes chez toi s'il y a encore un orage.

Mon loup avait besoin qu'elle soit sous mon toit. Je ne pourrais pas dormir si je pensais qu'elle n'était pas à l'aise ou en danger.

— Alors, tu...*es intéressé,* par moi je veux dire ?

Ses fossettes apparurent avec son petit sourire malicieux. Bon sang, qu'est-ce qu'elle était jolie.

Je fronçai les sourcils.

— Je pensais que c'était évident.

— Eh bien, je ne savais pas si c'était juste pour le sexe. Ce qui ne me dérange pas, si c'est le cas. Après tout, c'est moi qui t'ai sauté dessus, dit-elle en haussant les épaules.

Encore le même refrain. C'était comme si elle avait pris l'habitude de ne pas trop attendre des gens pour éviter d'être déçue. Je connaissais ce sentiment, mais cela me rendait grincheux alors qu'elle était rayonnante.

Nous avions deux tempéraments diamétralement opposés.

Je m'éclaircis la gorge et retirai mon chapeau de cowboy pour me frotter le front.

— Putain, Joy. Je, euh...

Bon sang, je n'étais vraiment pas doué pour ça.

— Pour être honnête, je n'ai pas beaucoup fréquenté de filles... enfin, aucune, depuis la naissance de Remy.

Jamais. J'avais juste couché avec des filles lors de courses de pleines lunes, et on savait tous que ça ne voulait rien dire.

— Elle accaparait toute mon attention. Mais je suis vraiment intéressé. Je veux juste... Je dois aussi être prudent. Pour Remy.

Putain. J'avais l'air d'un lâche. Étais-je vraiment un lâche ? *Oui. Parce que tu avais dit que tu voulais qu'elle soit ta baby-sitter.* Crétin

Elle acquiesça d'un signe de tête.

— Bien sûr. On peut se faufiler dans la chambre après la tombée de la nuit ou quelque chose comme ça, dit Joy en m'adressant à nouveau ce large sourire.

Je sentis quelque chose d'étrange monter dans ma gorge. Un petit rire. Ou le début d'un petit rire. Cela fit remonter les coins de ma bouche. Son sourire était presque contagieux.

Mais sa suggestion signifiait qu'elle ne pensait toujours qu'à une relation sexuelle illicite. Je devais la faire tomber amoureuse. De moi. Ce qui allait être difficile, car tout ce que je savais faire, c'était la baiser.

— Eh bien, je pensais plutôt à sortir quelque part, sauf que je n'ai pas de baby-sitter.

Tout était tellement difficile avec un enfant. Et sortir ? Je ne sortais jamais avec des femmes. Je n'y connaissais rien ?

— Peut-être que Riley, son institutrice, pourrait garder Remy.

— La nouvelle femme de Cody ? Elle est géniale.

Le camion de Johnny s'arrêta et Colton et lui en descendirent.

— Salut les gars !

Joy leur fit signe de la main, et j'eus envie de leur mettre mon poing dans la figure.

Quand je leur avais demandé de m'aider, je n'avais pas pensé à la réaction de mon loup.

Il se comportait comme un connard possessif qui avait envie de leur crever les yeux s'ils osaient poser les yeux sur elle dans son short sexy. Quand ils lui sourirent, je sus que j'allais devoir les tuer tous les deux.

Comme je les aimais bien, c'était un sacré problème.

Elle s'avançait déjà pour leur dire bonjour.

— Qu'est-ce que vous faites ici ?

Je me précipitai entre eux. Hors de question qu'ils se serrent la main ou pire... qu'ils s'embrassent.

— Je leur ai demandé de venir m'aider à réparer ton mur pour que la pluie ne rentre pas cette nuit. Mais je n'ai pas vraiment besoin de leur aide.

Je bombai le torse et lançai un regard noir à mes deux amis.

— Vous pouvez retourner au ranch.

Colton ôta son chapeau et regarda tour à tour Joy, puis

moi. C'était peut-être mon attitude méprisante. Ou le ton grave de ma voix. Peut-être avait-il déjà vécu la même chose et comprenait-il ce que je ressentais à cet instant, car il dit :

— Tu es sûr ?

— Ouais. Foutez le camp. Je m'en charge, dis-je en pointant leur camion du doigt.

Un sourire effleurait ses lèvres. J'avais envie de lui mettre mon poing dans sa gueule.

Heureusement, Johnny restait silencieux. Je pouvais me battre contre deux métamorphes à la fois, surtout si ma compagne était menacée, mais même dans mon état second, je savais que ce n'était pas une bonne idée.

— Les garçons, les garçons ! Voilà votre bière !

Remy sortit en courant de la maison, les bras chargés de trois bouteilles de bière. Je n'avais même pas remarqué qu'elle avait réussi à rentrer seule. Je ne lui avais pas prêté attention, ce qui faisait de moi un père indigne.

Bien sûr, l'une des bouteilles glissa et tomba sur le trottoir, se brisant en mille morceaux. La bière gicla partout, formant une mare de mousse.

Remy baissa les yeux, stupéfaite, puis fondit en larmes.

— Ne bouge pas, aboyai-je, car elle était pieds nus et il y avait des morceaux de verre devant elle.

C'était peut-être une petite métamorphe capable de

guérir rapidement, mais je ne voulais pas qu'elle se blesse. Surtout si cela signifiait *encore plus* de larmes.

Bien sûr, ma réprimande fit basculer ses pleurs en une véritable crise de larmes.

Je courus vers elle et la pris dans mes bras, Joy s'était approchée et se tenait juste à côté de moi.

— Regarde toute cette mousse ! s'exclama Joy, comme si Remy était en train de faire une expérience scientifique plutôt que de fondre en larmes à cause d'un accident.

Remy cessa de pleurer et la regarda bouche bée.

Les lèvres pulpeuses de Joy s'étirèrent en un large sourire. Elle désigna la mousse sur le trottoir, les yeux brillants.

— C'est incroyable, non ?

Remy ne savait pas trop si elle devait gober ça.

Joy lui fit un clin d'œil.

— Quand j'étais petite, j'adorais secouer les canettes de soda avant de les ouvrir pour voir la mousse jaillir. Tu as déjà fait ça ?

Remy secoua lentement la tête.

Joy lui prit les deux bouteilles de bière qu'elle tenait à la main et les posa par terre avant de lui tendre la main.

— Viens. J'ai une canette de soda au raisin chez moi. On va essayer.

Et comme ça, le problème fut résolu. Remy tendit les

bras vers Joy, et se jeta contre elle, et toutes deux dispa-
rurent dans la maison de Joy. Je restai là à les regarder s'éloigner, tandis que Johnny et Colton me fixaient du regard.

— Foutez le camp, grognai-je lorsqu'ils s'appro-
chèrent.

— Depuis combien de temps tu le sais ? demanda
Colton.

— J'ai dit, *va te faire foutre*, rétorquai-je sèchement.

— Depuis combien de temps tu sais quoi ? Ohhhhh.

Johnny avait mis un peu plus de temps à
comprendre. Il pointa son pouce en direction de la
maison de Joy tandis que je m'accroupissais pour
ramasser les éclats de verre.

— C'est sa compagne ? Je pensais qu'il se comportait
juste comme un crétin, comme d'habitude.

— C'est clairement sa compagne, répondit Colton.
Sinon, pourquoi il nous aurait demandé de venir l'aider
pour ensuite essayer de nous tuer dès qu'on s'approche à
moins d'un mètre d'elle ?

— J'ai compris ce matin, avouai-je en grognant. Hier
soir, j'étais trop sous le choc après la chute de cet arbre.

Johnny sourit.

— Vous avez...

Je me levai et fis un pas menaçant dans sa direction.

— Je te tue si tu la mentionnes encore une fois.

Johnny rit et recula, les mains en l'air dans un geste
défensif.

— Allons dégager cet arbre de la maison, dit Colton. On ne lui adressera même pas la parole.

— Bien.

— Mais *vous devriez*, lança-t-il par-dessus son épaule.

— Sérieusement. Allez vous faire foutre.

Je rentrai chez moi en tapant des pieds pour enlever les bouts de verre et prendre un balai.

Quand je revins, Johnny et Colton étaient sur le toit de Joy, en train de soulever l'arbre abattu pour l'éloigner de la maison.

Je jetai un coup d'œil rapide autour de moi. Si quelqu'un les voyait, on était foutus, car ils faisaient preuve d'une force bien trop importante là-haut. Mais bon, il n'y avait pas de moyen de simuler facilement le fait de soulever un arbre d'une maison, et grâce à leur capacité de métamorphe, ils pouvaient le faire rapidement et facilement. On n'avait pas besoin d'attendre les gars de la réparation, qui étaient lents comme des escargots.

— Il n'y a rien en bas ? me demanda Colton alors qu'ils tenaient le tronc géant.

— Oui. Juste ici.

Je me tenais en dessous pour pouvoir les rediriger si nécessaire. Il ne fallait surtout pas qu'ils jettent le tronc d'arbre du toit de Joy sur le mien.

Les gars commencèrent à balancer le tronc.

— À trois. Ça y est, c'est parti... un...

Ils le lancèrent dans ma direction, puis en arrière.

— Deux... trois !

Puis ils soulevèrent le tronc du toit.

Je leur indiquai où le laisser en toute sécurité, entre les deux maisons, où il se brisa en plusieurs morceaux plus faciles à manipuler.

De la véranda arrière de Joy, j'entendis les cris de joie de Remy et le bruit d'une canette de soda que l'on ouvrait.

Tout en moi se relâcha.

Joy était avec ma petite louve, comme le jour où je l'avais rencontrée. Elle la divertissait avec aisance. Elles se liaient d'amitié. Elles communiquaient.

Colton et Johnny sautèrent du toit sans utiliser l'échelle. Ils auraient vraiment dû faire plus attention en plein jour.

— Elle se débrouille bien avec ta petite, on dirait ? demanda Colton, qui avait également entendu les filles.

J'essayai de cacher le tumulte d'émotions qui se bousculait dans ma poitrine. Ma gorge se serra.

— Oui. On dirait bien.

— Bien sûr, c'est normal. Le destin l'a choisie pour toi.

Johnny me donna une tape sur l'épaule. C'était logique qu'il comprenne, car Emma, sa compagne, avait une sœur jumelle identique. Même si elles se ressemblaient comme deux gouttes d'eau et avaient le même ADN, il avait reconnu sa compagne.

Je ne pouvais rien dire. J'avais plein d'arguments dans ma tête qui expliquaient pourquoi ça ne marcherait pas, pourquoi je n'arrivais pas à la faire m'aimer, et que se passerait-il si Remy souffrait, mais je ne voulais pas partager tout ça avec ces chacals. Je fronçai les sourcils.

— Oh, tu vois, ricana Johnny. Même avoir une compagne rend Wes grincheux.

Il recula rapidement au cas où je lui donnerais un coup de poing.

Le portable de Colton sonna, et il le sortit de la poche de son jean.

— Oui ? répondit-il en levant les yeux vers le ciel. D'accord. On sera de retour dans trente minutes.

Il raccrocha.

— C'était Rob. Il veut qu'on rentre pour faire traverser le bétail avant que la crue ne se reproduise s'il pleut encore.

Je me passai une main dans ma nuque.

— Merde, il doit être furieux qu'on soit en ville alors qu'on a du boulot.

Colton éclata de rire.

— Non, pas quand il saura pourquoi on est là.

Le fait que j'avais trouvé ma compagne.

— Allez, dit-il en me tapant sur l'épaule. On va sortir le contreplaqué du camion et le poser contre le mur.

Je regardai mes amis à contrecœur, d'un côté j'étais reconnaissant qu'ils soient là pour moi, de l'autre je voulais toujours les tuer s'ils s'approchaient trop près de Joy. Ils avaient tous les deux une compagne, donc ils ne s'intéressaient pas à elle, mais quand même.

— Papa ! Le soda au raisin avait plein de bulles aussi. Et c'est très bon !

Remy courut vers moi en tenant la canette.

Elle avait un cercle violet autour de la bouche.

— Je vois ça, répondis-je.

Joy suivait derrière à un rythme plus calme.

— Tu peux te laver le visage et les mains, parce qu'on va retourner au ranch avec M. Johnny et M. Colton.

Je ne savais pas trop comment ça allait se passer, mais j'allais me débrouiller.

Je me tournai vers Joy.

— Le ruisseau a débordé hier soir à cause de la tempête. Le bétail s'est retrouvé coincé de l'autre côté. Le niveau de l'eau a baissé et on peut les faire traverser, mais il va encore pleuvoir et on doit aller chercher les bêtes avant...

Joy leva la main.

— Je comprends. Ton travail n'a pas d'horaires fixes. Pourquoi je ne garderais pas Remy pour toi ?

Je la regardai fixement. Clignai des yeux. C'était ce que j'avais souhaité lorsqu'on s'était rencontrées. Juste ça. Qu'elle soit ma baby-sitter. Et maintenant ? Elle proposait de rester avec Remy, et je n'avais pas l'impression qu'elle se proposait *juste* de la garder.

C'était ma compagne qui restait avec ma louve. C'était quelque chose d'important. Je lui faisais confiance avec Remy, bien sûr, mais c'était la première fois qu'elles allaient se retrouver seules. Est-ce que Remy allait s'attacher à elle et souffrir encore plus ?

Johnny me donna une tape dans le dos, me tirant de mes pensées.

— Vraiment ?

Elle sourit... et mon loup se réjouit.

— Bien sûr. Pas de problème. Je vais travailler un peu dans mon studio, et elle pourra faire un petit projet. Ensuite, on pourra dîner et regarder un film.

Remy me tira par le bras et sautilla sur place.

— Je peux ? Je peux ? Un film avec Joy ! Je peux, papa ?

C'était ça le problème. Joy était trop attachante. Mais je n'avais pas le choix. Non seulement parce que je devais me rendre au ranch, mais aussi parce que mon loup me disait de me ressaisir et de laisser ma compagne s'occuper de ma progéniture. Parce que c'était exactement ce qu'elle était censée faire.

Rester avec Remy dans notre maison. La protéger et lui donner tout son amour.

— Hum, d'accord. Bien sûr. Donne-moi ton numéro de portable au cas où tu aurais besoin de me joindre. Et n'allez pas dans ta maison.

Elle acquiesça.

— Je ne rentrerai pas dans ma maison. Compris.

— Ouais ! s'écria Remy.

Oui, c'était vrai.

J'étais mal barré. Parce qu'au lieu de faire connaissance avec Joy et qu'elle tombe amoureuse de moi, c'était Remy qui était en train de s'attacher à elle.

Je ne m'étais pas senti aussi dépassé depuis que Soraya m'avait laissé avec un bébé de trois semaines sur les bras et aucune compétence parentale pour m'en occuper.

Mais j'avais trouvé mes marques avec Remy. Ou plutôt, nous avions réussi à nous débrouiller.

Peut-être que j'allais aussi y arriver avec Joy ?

Elle en valait la peine.

## 15

JOY

REMY ÉTAIT TELLEMENT sage que cela semblait anormal. Elle était adorable et obéissante, elle avait de bonnes manières. Elle avait fait tout ce que je lui demandais pendant que j'étais dans mon atelier, où j'avais terminé deux vases, et elle avait même sculpté un petit cheval dans de l'argile. Jusqu'à ce qu'elle se coupe le petit doigt avec l'un des outils utilisés pour sculpter. Elle avait pleuré à cause de sa blessure. Je lui avais enveloppé le doigt dans un mouchoir en papier et l'avais portée jusqu'à la maison de Wes. J'avais cherché un pansement dans la salle de bain, mais je n'en avais pas trouvé. J'avais examiné sa petite coupure, et elle avait... disparu.

Tout comme ses larmes. Comme nous étions déjà

dans la salle de bain, j'avais décidé qu'il était temps de prendre un bain plutôt que de retourner travailler sur le cheval en argile. Je pourrais ainsi m'assurer que la coupure avait bien disparu–ou qu'il n'y en avait jamais eu ou au moins qu'elle était propre. Elle avait fait un caprice, mais je l'avais persuadée d'entrer dans la baignoire en sortant la crème à raser de son père–comme il avait une barbe, je m'étais dit qu'il ne verrait pas si je l'utilisais–et j'en avais étalé un peu sur le carrelage pour qu'elle puisse jouer avec. Bien sûr, elle ne voulait plus sortir du bain.

Finalement, après avoir longuement insisté auprès de cette petite fille fatiguée, elle était en pyjama sur le canapé. Elle avait insisté pour revoir le film avec la princesse qui, selon elle, me ressemblait.

À peine m'étais-je installée à côté d'elle que la sonnette retentit.

Ce n'était pas ma maison, je ne savais donc pas trop à quoi m'attendre. Wes serait entré sans hésiter.

— Qui cela peut-il bien être ? demandai-je à Remy, qui s'était blottie contre moi.

Elle haussa les épaules, mais continua à regarder l'écran. Comment aurait-elle pu le savoir ? Elle n'avait que quatre ans.

Il ne pleuvait pas encore, mais le ciel était couvert de nuages sombres et lourds, et le vent se levait.

Je jetai un coup d'œil par la fenêtre avant d'ouvrir la

porte. Non pas qu'un sale type allait se tenir là avec une pancarte disant « *Je suis dangereux* ».

C'était une femme qui se tenait sous le porche.

Une très jolie femme. D'une beauté artificielle. Des cheveux noir corbeau. De grands yeux verts. Des lèvres pulpeuses. Elle était grande. Mince, mais avec des courbes. Elle me rendait très jalouse.

— Bonjour, je peux vous aider ?

Même si je l'avais moi-même observé rapidement, elle m'examinait de la tête aux pieds comme si elle jugeait une vache à la foire agricole. Elle remarqua mon chignon un peu défait, mon visage sans maquillage, mon vieux t-shirt, mon short en jean usé et mes pieds nus.

Elle m'inspecta de la tête aux pieds. Puis elle renifla.

Mon Dieu, est-ce que je sentais mauvais ? Il faisait chaud et j'avais travaillé avec de l'argile, mais je ne pensais pas sentir aussi mauvais que le suggérait le mouvement de son nez.

— Je cherche Wes.

Elle se pencha pour regarder à l'intérieur.

Je tournai la tête et vis Remy sur le canapé. Elle était complètement absorbée par le film.

— Je suis désolée, il n'est pas là pour le moment.

— Il est sorti ? Et vous, vous êtes ? demanda-t-elle.

— Je m'appelle Joy. Vous êtes une amie de Wes ?

Elle rit et posa sa main sur sa poitrine. Elle avait même une jolie manucure.

— Une amie ? Oh, trésor, je dirais que nous sommes plus que des amis.

Je fronçai les sourcils. Ils étaient ensemble ? C'était ce qu'elle insinuait ?

— D'accord.

— Il a laissé Remington seule avec vous ?

Remington ? C'était le prénom complet de Remy. Mignon. Mais je n'avais jamais entendu Wes l'utiliser.

Qui était-elle ? Une ex-petite amie ? Une amante éconduite ? Je ne l'avais jamais vue à Cooper Valley, mais elle était peut-être arrivée récemment.

— Euh, oui.

Remy tourna la tête en entendant son nom. Le film venait de se terminer, alors la petite fille descendit du canapé et vint se placer à côté de moi.

— Bonjour. Tu me connais ? demanda Remy avec l'innocence d'un enfant.

La femme tendit la main et ébouriffa les cheveux de Remy, qui ne sembla pas apprécier car elle recula et se blottit contre ma jambe.

— Oui, Remington. Je te connais depuis que tu es née.

Remy haussa les épaules.

— Je ne me souviens pas de toi.

J'étais peut-être jalouse. Si c'était une ex ou une prétendante de Wes, je la détestais déjà. Elle dégageait une mauvaise énergie et je voulais qu'elle quitte l'embrasure de la porte.

— Bon, c'est l'heure d'aller au lit pour Remy, on doit y aller.

La femme renifla à nouveau et me jeta un regard froid.

— Dites à Wes que Soraya est passée. Il a mon numéro.

Elle regarda Remy et ajouta :

— Bonne nuit, Rem-Rem.

Sa voix mielleuse ne fit que pousser Remy à se blottir davantage contre moi.

— C'est Remy, dit Remy derrière ma jambe.

Soraya se retourna et s'éloigna.

— C'était bizarre, murmurai-je en fermant la porte derrière nous.

Remy bâilla.

— Je l'aime pas.

Elle semblait très sérieuse et ajouta :

— Même si c'est une louve.

Une louve ! Trop mignon, j'adorais son imagination enfantine. Parce que cette femme *avait vraiment* l'air d'un prédateur. Et elle avait de longs ongles.

— Moi non plus, acquiesçai-je. Allez, je te vois bâiller. Je vais te lire une histoire avant de dormir.

— D'accord, répondit Remy en me conduisant jusqu'à sa chambre.

Elle choisit un livre sur les sirènes et se glissa sous les couvertures.

Je m'assis à côté d'elle sur le lit et commençai à lire. Les paupières de Remy s'alourdirent et elle bâilla à nouveau. J'adoptai une voix douce et apaisante. Lorsque j'eus fini de lire, je restai immobile. Remy était déjà à moitié endormie, blottie contre moi. Je refermai doucement le livre et elle soupira tandis que son petit corps s'alourdissait.

Sa respiration ralentit.

Bon sang, qu'elle était mignonne. Je me penchai et embrassai le sommet de sa tête.

De peur qu'elle ne se réveille si je bougeais trop vite, je restai où j'étais pendant encore dix minutes et savourai la douceur d'avoir un petit être humain endormi contre moi. C'était un moment précieux que je n'avais jamais connu auparavant, et cela me serrait un peu le cœur.

J'avais toujours voulu des enfants.

Je ne savais pas comment notre histoire allait évoluer, mais le fait qu'il ait un enfant et qu'il soit un papa célibataire ne me décourageait pas du tout. Les pères célibataires n'étaient pas un problème pour moi. Au contraire, cela rendait Wes encore plus attirant. J'adorais le voir dans son rôle de papa–voir son apparence bourrue s'adoucir lorsqu'il parlait à Remy. Elle était au centre de sa vie.

Je savais que cela signifiait qu'il aurait moins de temps à me consacrer, mais je m'en fichais. Il était venu chez moi avec ses copains pour réparer ma maison, même s'ils étaient occupés au ranch. Même s'il avait déjà pris sur son temps pour, euh... me *punir*.

Quelle punition torride ça avait été !

J'entendis le bruit de sa camionnette qui rentrait dans le garage, et mon rythme cardiaque s'accéléra. C'était comme si mon corps était déjà conditionné à se mettre en ébullition dès qu'il était dans les parages.

Je me dégageai délicatement de Remy pour aller à sa rencontre.

Wes franchit la porte et j'eus le souffle coupé. Il incarnait l'archétype du cow-boy musclé et viril, et je trouvais son physique qu'il avait forgé à la sueur de son front incroyablement sexy.

Je lui souris en m'approchant de lui.

— Comment ça s'est passé ?

Il ôta son chapeau et vint vers moi d'un pas lourd dans ses bottes de cow-boy. Il posa ses mains sur mes hanches.

— Bien. Comment ça s'est passé ici ?

— Très bien. Elle dort depuis environ quinze minutes. Mais tu as eu de la visite.

Il fronça les sourcils.

— De la visite ? Qui ? demanda-t-il d'un air perplexe.

Je haussai les épaules.

— Une certaine Soraya.

Il pâlit.

— Soraya. *Merde.*

— Quoi ? Qui est-ce ? demandai-je, immédiatement sur le qui-vive en entendant le juron qu'il avait lâché.

Il se frotta sa barbe naissante sur le menton, l'air soudainement fatigué.

— C'est la mère de Remy.

## 16

WES

M͟ON SANG SE GLAÇA.

Joy tendit la main vers moi. J'avais posé mes mains sur ses hanches avant qu'elle ne me parle de Soraya, et maintenant, elle imitait mon geste, touchant ma taille, levant les yeux vers moi avec un regard inquiet.

Elle était la seule raison pour laquelle je ne soulevais pas un meuble pour le jeter contre le mur.

— Putain, répétai-je.

Mon loup faisait les cent pas et grognait, vraiment mécontent que cette louve soit venue ici.

— Sa mère ? Remy ne la connaissait même pas.

La voix de Joy trahissait sa stupeur.

Je plongeai mon regard dans ses grands yeux bleus,

une partie de moi voulant se déchaîner, l'autre apaisée par la présence de cette femme.

Ce qui était logique.

Elle était ma compagne.

Contrairement à Soraya, qui n'avait été qu'une aventure sans lendemain lors d'une pleine lune, l'équivalent chez les métamorphes d'une nuit d'ivresse.

Je passai le dos de mes doigts sur sa joue, voulant m'imprégner du bien-être qui émanait d'elle. Ou qu'elle produisait en moi.

C'était comme si sa présence avait un pouvoir apaisant.

La rage qui bouillonnait en moi depuis le jour où Soraya avait abandonné sa louve âgée de quelques semaines à peine s'apaisait grâce à la douceur de cette femme. Grâce à sa compassion.

Je n'étais pas du genre à parler de moi. Je gardais tout pour moi. Je ne partageais pas grand-chose avec les autres, mais Joy était ma compagne. Elle méritait de connaître la vérité sur mon passé.

— Elle est partie quelques semaines après la naissance de Remy. Elle n'arrivait pas à assumer son rôle de mère.

Joy me regarda fixement.

— Oh, merde. Pauvre Remy. Pauvre toi. C'est horrible.

— C'était l'horreur. Pas parce qu'elle m'a brisé le cœur, non, mais parce qu'elle a abandonné Remy.

Je passai une main sur mon visage, sachant que j'étais en sueur et sale après avoir fait déplacer une tonne de bétail. Mes moments difficiles au travail n'étaient rien comparés à ces premiers mois avec Remy.

— Je ne savais absolument rien sur les soins à apporter à un nouveau-né. J'étais cow-boy de rodéo. J'avais bêtement pensé que mon travail consisterait à subvenir aux besoins de Soraya et de la petite louve.

— La petite louve ?

Joy esquissa un sourire en me regardant d'un air interrogateur.

Merde. *Merde.*

Je secouai la tête.

— Je veux dire bébé. J'ai dit louve ? Putain, la journée a été longue.

— En effet.

Elle me prit la main et me conduisit vers le canapé. Elle me prit complètement au dépourvu en retirant mes bottes de cow-boy.

C'était en quelque sorte plus intime que quand nous avions fait l'amour. Plus intime que la fessée torride que je lui avais donnée cet après-midi. Plus intime que tout ce que nous avions déjà fait. C'était simple. Calme. J'aimais l'idée de rentrer à la maison pour la retrouver.

Qu'elle prenne soin de moi. C'était sexy et tendre à la fois.

C'était quelque chose qu'un vrai partenaire ferait. Quelqu'un avec qui vous étiez depuis des années et avec qui vous aviez atteint un certain niveau de confort et d'attention mutuelle.

Je clignai des yeux pour chasser l'émotion qui m'envahissait, un mélange de nostalgie et de gratitude.

Je ne pouvais que la regarder avec envie et admiration. Avec le désir et besoin d'une connexion profonde. Je pris une profonde inspiration, savourant son odeur familière. Je la reconnaîtrais n'importe où désormais.

Je la pris par la taille et l'attirai sur mes genoux.

— C'était tellement gentil ce que tu viens de faire, lui murmurai-je dans le cou pour qu'elle ne voie pas à quel point cela m'avait touché.

Elle passa ses bras autour de mon cou et passa ses doigts dans mes cheveux, les ébouriffant là où ma casquette les avait aplatis.

— Attention, ma puce, je sens mauvais, l'avertis-je.

Elle rit.

— Vu la façon dont Soraya m'a reniflée, je dois sentir mauvais moi aussi.

Je me figeai. Merde. Elle savait que Joy était humaine. Est-ce que ça avait de l'importance ? Je n'avais aucune idée de la raison de sa visite, mais j'avais le sentiment que j'allais le découvrir. Ce n'était pas une visite fortuite. Elle reviendrait, j'en étais sûr.

— Elle n'a donc jamais fait partie de la vie de Remy ? demanda Joy. Tu as la garde exclusive ?

— La garde... Merde. Je n'ai aucun papier. Elle est partie, et j'ai fait de mon mieux.

— Et elle n'est jamais revenue ?

C'était la sombre vérité. Une vérité pour laquelle Joy pourrait me juger. Les humains croyaient en des choses comme la garde partagée et d'autres conneries du genre.

— J'ai quitté le circuit, mais j'ai entendu dire qu'elle était revenue dans notre ville natale, alors j'ai pris ce travail ici, au Wolf Ranch.

— Je ne te reproche pas d'avoir fixé des limites, dit Joy immédiatement. Je veux dire, la dernière chose que tu voudrais, c'est que Remy s'attache à elle et que son fantôme revienne hanter Remy. Un nouveau-né, c'est une chose, il ne se souvient de rien. Mais une enfant de quatre ans n'oubliera pas.

Je me sentis soulagé.

— Exactement. Je suis tellement content que tu comprennes.

— Donc, elle n'avait pas revu Remy depuis son départ ?

Je secouai la tête.

— Non. Comme je te l'ai dit, nous voyagions d'un rodéo à l'autre. Nous sommes passés par le Montana et

Boyd Wolf, un pote de longue date du circuit, est venu nous voir. Quand il a vu que j'élevais un enfant sur la route comme ça, il m'a proposé un emploi au Wolf Ranch. À ce moment-là, j'ai été reconnaissant de pouvoir m'éloigner de notre ville natale et d'elle. De plus, j'espérais qu'ici, elle ne pourrait pas me retrouver facilement. Nous retrouver. Elle est partie. Elle a fait son choix.

— Que veut-elle, à ton avis ? demanda Joy.

Je serrai les mâchoires et la serrai plus fort contre moi. J'avais envie d'arracher mes vêtements, de me transformer et de courir à la recherche de Soraya pour la faire parler. Mais je ne laisserais pas mes femmes seules. Pas maintenant. Pas question.

— Remy, bien sûr. Elle est ici pour Remy. La question est : pourquoi ?

— Est-ce qu'elle serait revenue pour toi ?

À la façon dont Joy se crispa en posant la question, je compris que j'aurais dû clarifier ce point dès le début.

— Nous n'avons jamais été ensemble. Il n'y a jamais eu d'amour entre nous. Nous n'étions pas en couple.

J'avais essayé de le lui dire de toutes les manières possibles pour qu'elle comprenne qu'il n'y avait pas de rivalité.

Je pris le visage de Joy entre mes mains et lui dis :

— C'était une aventure d'un soir avant que je reprenne la route pour le rodéo. Je ne savais même pas qu'elle était enceinte avant de revenir en ville six mois plus tard. Elle ne m'avait rien dit. Bon sang, on n'avait même pas échangé nos numéros. Quand je l'ai appris, j'ai essayé de faire ce qu'il fallait en louant une maison correcte et en l'installant chez moi. J'ai acheté tout le nécessaire pour le bébé, j'ai tout sécurisé pour le bébé. Puis elle s'est enfuie dès qu'elle a pu. Nous n'étions pas en couple. Jamais, ma belle. Je ne te connais que depuis deux jours, et je ressens plus pour toi que je n'ai jamais ressenti pour cette...

Je me retins de dire *louve*.

— ... diablesse.

Joy haussa les sourcils en riant.

— Diablesse ?

Je haussai les épaules.

— Je ne voulais pas la traiter de salope devant toi.

Elle rit et une partie de la rage provoquée par la visite inattendue de Soraya s'évanouit.

— J'aime ton rire.

Elle se tut, mais son large sourire persista tandis qu'elle touchait mes lèvres.

— Je veux entendre le tien.

Les coins de ma bouche se relevèrent.

— Ça pourrait me casser le visage, dis-je, répétant les railleries que les gars du ranch me lançaient toujours.

Ils me disaient sans cesse que j'avais une tête de connard.

Elle rit à nouveau.

— Je suis prête à prendre le risque.

Merde. Elle venait de m'arracher un vrai sourire. Et ça ne m'avait même pas fait mal.

Non, ça m'avait fait du bien. C'était bizarre, mais agréable.

Elle baissa la tête et m'embrassa sur les lèvres. Je soulevai ses hanches pour ajuster ses jambes afin qu'elle soit à califourchon sur mes genoux, face à moi, et je l'embrassai à mon tour.

— Joy, j'ai vraiment envie d'apprendre à te connaître. Je veux sortir avec toi. Rencontrer ta famille. *Et* te baiser de toutes les façons possibles jusqu'à dimanche.

Elle sourit et défit le nœud de son haut dans son cou, il retomba.

Mon loup rugit si fort à la vue de ses seins parfaits que j'eus peur que mes yeux ne s'illuminent.

— Et si on commençait dès ce soir ? demanda-t-elle d'une voix rauque.

Je l'attirai vers moi, je bandais déjà.

— Je suis tout à toi.

## 17

WES

— Que pensez-vous que nous allons trouver aujourd'hui ? demandai-je à Johnny et Boyd tout en ajustant la couverture sur le dos de Sunshine.

*Sunshine.* Cela me faisait penser à Joy. J'avais encore le goût de ses lèvres sur la langue après notre étreinte matinale avant que Remy ne se réveille.

Nous étions dans l'écurie du Wolf Ranch, en train de seller nos chevaux. Les tâches matinales étaient terminées et il était l'heure de partir vers l'ouest de la propriété pour vérifier les dégâts causés par la tempête. Le ruisseau avait emporté une partie de la clôture à l'est et isolé un troupeau de vaches, nous nous attendions donc à trouver la même chose dans l'autre direction.

— Des arbres déracinés ?

— Hé, Johnny. Tu trouves que Wes a l'air de sourire ? demanda Boyd en soulevant sa selle du porte-selles.

Je sentais le regard de Johnny sur moi.

— Je pense que tu as raison. Peut-être que trouver sa compagne a guéri son caractère de cochon.

— On cherchait ce qu'il avait de coincé dans le cul, alors qu'il avait peut-être juste besoin de s'envoyer en l'air.

— Attention, grognai-je, même si je ne pus m'empêcher de sourire.

— C'*est bien* un sourire, ajouta Johnny en pointant du doigt et en souriant lui aussi.

Boyd s'approcha. Il me donna une tape sur l'épaule.

— C'est cool pour toi, mon pote.

— C'est cool pour Wes, par rapport à quoi ? demanda Rob en entrant dans la grange.

— Il a trouvé sa compagne. La voisine d'à côté.

— Un peu comme toi, frérot, dit Boyd à Rob.

La compagne de Rob s'appelait Willow et, d'après ce que j'avais entendu dire, elle vivait autrefois dans le ranch voisin, séparé seulement par une clôture.

En tant qu'alpha, Rob était plus calme que Boyd. Plus posé. Il ne parlait pas beaucoup non plus. Mais quand il prenait la parole, tout le monde écoutait. Et ce n'était pas parce qu'il utilisait son autorité d'alpha. Il était devenu alpha pour une bonne raison.

— C'est vrai ? demanda Rob en glissant ses pouces dans les poches de son jean.

— Oui, Joy Wallace.

— Elle fait de la poterie, c'est ça ? demanda Rob.

J'acquiesçai.

— Quelqu'un nous a offert un de ses vases comme cadeau de mariage. Il est sur le buffet dans la salle à manger.

— On trouvait qu'il avait l'air souriant, dit Boyd.

— Tu l'as marquée, alors. Félicitations.

Cette fois, c'était *Rob* qui sourit.

Je secouai la tête en caressant le museau doux de Sunshine.

— Pas encore. Je l'ai rencontrée il y a seulement deux jours, quand j'ai emménagé. Trouver son âme sœur parmi les humains, c'est compliqué.

Ils éclatèrent tous de rire.

— Tu crois qu'on ne le sait pas ? demanda Boyd. Avec Audrey, j'ai dû ralentir la vitesse à laquelle je guérissais après avoir été encorné par un taureau.

— J'ai dû dire à Emma que je suis non seulement un métamorphe, mais aussi un homme de main. Ça a été très sympa, ajouta Johnny.

Rob grogna.

— Eh bien, règle ça rapidement.

En d'autres termes : il fallait que Joy tombe amoureuse de moi, qu'elle accepte d'être à moi, qu'elle accepte que Remy et moi soyons des métamorphes, qu'elle veuille que je la morde et la marque, et, oh oui, qu'elle tombe amoureuse de nous deux.

— Je ne peux pas précipiter les choses, lui répondis-je. Je dois penser à Remy.

Rob s'appuya contre le mur de l'écurie.

— Qu'est-ce qui t'inquiète ? Joy n'aime pas les enfants ?

Ma gorge se serra en repensant à sa gentillesse avec Remy.

— Non, elle s'entend très bien avec Remy. Mais si ça ne marche pas ? Je ne veux pas que Remy souffre.

Rob me lança un regard noir.

— Si ça ne marche pas, les sentiments d'un enfant de quatre ans sont le cadet de tes soucis.

Je me hérissai.

— Comment ça ? demandai-je.

Il haussa les sourcils.

— Et la folie lunaire ?

La folie lunaire. Merde. Je n'y avais même pas pensé. C'était sûrement parce que je prenais de l'âge, ce qui me rendait plus vulnérable. Même si je n'étais pas l'alpha de ma meute, j'étais un alpha pur et dur, ce qui était un autre signe de la folie qui s'emparait d'un loup qui ne marquait pas sa compagne prédestinée.

— En plus, si tu lui dis que tu es un métamorphe et

qu'elle te quitte sans être marquée, on aura tous des problèmes, dit Rob.

Je passai une main dans ma nuque.

— Merde, j'ai juste peur que Joy ne m'aime pas assez pour rester. Je ne veux pas que Remy s'attache à elle et soit bouleversée quand elle partira. Sa mère lui a fait ça, mais au moins, elle ne s'en souvient pas.

Ma mâchoire se crispa à l'idée que Soraya avait débarqué à l'improviste la nuit dernière. Je devais découvrir ce qu'elle mijotait.

— Si elle est toujours là après ton attitude grincheuse de l'autre jour, il y a de l'espoir, dit Johnny en resserrant la sangle de sa selle.

— Je sais. J'ai besoin qu'elle tombe amoureuse de moi. Pour moi *et pour* Remy. Parce que Remy passe avant tout. Si Joy n'est pas la bonne, alors peut-être que mon loup se trompe en pensant qu'elle est ma compagne.

— Ou tu deviendras fou et nous devrons t'abattre, ajouta Rob.

Colton secoua la tête.

— Merde, c'est qui le grincheux maintenant ? Tu ne peux pas te réjouir pour lui ?

Rob haussa les épaules.

— Je suis l'alpha. Je dois penser à la meute. Dis-moi si on peut faire quelque chose pour t'aider.

— En fait..., commençai-je à dire.

Je n'aimais pas demander de l'aide. J'avais un caractère de loup solitaire, mais la meute du Wolf Ranch m'apprenait à faire davantage confiance.

Les trois hommes me fixèrent du regard.

— La mère de Remy s'est pointée. Elle est passée chez moi hier soir pendant que nous déplacions le bétail.

— Elle veut que vous vous remettiez ensemble ? demanda Colton.

— Je ne sais pas ce qu'elle veut. Soraya est... enfin, c'est une garce, et elle a abandonné son bébé.

Ils connaissaient déjà mon histoire, mais ils secouèrent la tête à l'idée qu'une mère puisse abandonner son propre enfant.

Je haussai les épaules.

— Elle n'est certainement pas là pour moi. Elle n'est pas devenue folle de moi après une partie de jambes en l'air à la pleine lune. Il n'y a aucune chance qu'elle soit revenue pour plus, surtout après quatre ans.

— Elle est ici pour Remy.

Rob regarda Johnny et lui fit signe de la tête :

— Occupe-t'en. Trouve tout ce que tu peux sur elle, pour qu'on comprenne ses intentions. Je me charge de ton cheval pour que tu t'y mettes tout de suite.

Johnny était le nouvel homme de main de notre meute. Quand Rob avait proposé son aide, j'avais imaginé qu'il s'agirait de faire du baby-sitting ou quelque chose du genre. Mais ça ? Je soupirai, car cela me faisait du bien d'avoir une meute derrière moi. Je n'étais pas seul face à ce problème.

Johnny acquiesça.

— Compris, Alpha.

Il me regarda, m'adressa un sourire rassurant, puis quitta l'écurie.

— Ça prendra peut-être un peu de temps, mais il découvrira ce qu'elle mijote, m'assura Rob. Si un membre de ma meute est menacé, même par une louve, je veux être au courant.

Je penchai la tête.

— Merci.

Il me regarda.

— Ton travail consiste toujours à faire tomber ton humaine amoureuse de toi. Les alternatives ne sont pas très réjouissantes.

Comme le disait Colton, maintenant qui était le grincheux ?

## 18

JOY

Il faisait nuit quand je me douchai sous le jet d'eau chaude en poussant un long soupir. Je me rendrais chez Wes après ma douche, quand je me sentirais mieux.

Je baissai la tête, fermai les yeux et laissai la seule folie que je m'étais offerte en achetant ma maison–cette pomme de douche haut de gamme–faire couler l'eau chaude sur mon dos, juste comme il fallait. Je venais de rentrer de chez ma mère et je luttais contre un sentiment de découragement.

Je n'étais pas du genre à dire que j'avais passé une journée pourrie, mais... si ça avait été le cas, celle-ci en aurait sans aucun doute été une.

Je gémis à voix haute, le son résonnant sur les carreaux vert avocat.

Non, je devais être reconnaissante. J'avais commencé la journée avec la tête de Wes entre mes jambes, et je la terminerais probablement ainsi. Dire qu'il était doué avec sa langue était un euphémisme. Peut-être étais-je insatiable. Peut-être était-il simplement doué, car je jouissais rapidement. À une vitesse record.

Je n'avais aucune raison de me plaindre.

Les choses auraient pu être bien pires. J'aurais pu souffrir de dépression comme ma mère.

Elle s'était sentie déprimée aujourd'hui, et pour cette raison, j'étais passée la voir. Elle n'avait pas pu acheter un nouveau climatiseur, ce qui signifiait qu'elle ne dormait pas et qu'elle avait du mal à tenir le coup. Elle avait envisagé d'accepter le rendez-vous de Clyde, mais cela la rendait anxieuse. Et s'il changeait d'avis et la rejetait ? Toutes les pensées habituelles d'une femme lui avaient tourné dans la tête.

Elle avait appelé au travail pour dire qu'elle était malade et qu'elle ne pouvait pas aller travailler, car elle n'arrivait pas à sortir de son lit. Quand je l'avais vue, elle était dans un moment très sombre. Je ne savais jamais quand la situation était suffisamment grave pour que je l'emmène à l'hôpital.

Elle n'avait jamais essayé de se faire du mal, donc au moins je n'avais pas à m'inquiéter pour ça.

Mais c'était ma mère, et je voulais qu'elle soit heureuse. C'était difficile de voir quelqu'un qui ne faisait même pas d'efforts.

Pour ajouter à ma morosité, l'expert en sinistres était venu inspecter les dégâts, et apparemment, il faudrait que j'attende plusieurs semaines avant de savoir combien ils allaient payer pour les réparations. J'avais la possibilité d'engager quelqu'un pour faire les travaux plus tôt et me faire rembourser, mais je n'en avais pas les moyens.

Je devais donner suite à mon idée de faire quelques heures supplémentaires chez Cody pour gagner un peu d'argent. Cela signifiait passer toute la journée dans mon studio et servir des boissons jusqu'à tard le soir.

Je soupirai à nouveau, car rien que d'y penser, je me sentais déjà fatiguée.

*Regarde le bon côté des choses.* Mon entreprise marchait très bien, et les revers n'étaient pas quelque chose que les clients voyaient. Je faisais de la poterie. Elle s'était cassée. Ça aurait pu être bien pire. J'avais la chance de connaître Cody et d'avoir déjà travaillé pour lui. Je pouvais facilement reprendre mon ancien poste. J'avais de la chance de pouvoir trouver un emploi temporaire comme celui-là dans une si petite ville.

J'avais de la chance.

N'est-ce pas ?

Je sortis de la douche, m'enveloppai dans une

serviette, puis me dirigeai vers ma chambre pour trouver des vêtements. L'intérieur était toujours chaotique. Le lit était renversé et bloquait presque entièrement l'accès à mon placard. Je n'avais même pas osé entrer avec un balai pour déblayer les débris, de peur que le toit ne s'effondre sur moi. Il n'y avait pas de lumière, car le plafond s'était effondré et avait emporté l'applique murale avec lui. Je devais donc me fier à la lumière du couloir pour essayer de voir.

— Joy ?

La voix grave de Wes qui m'appelait depuis la porte arrière ne me fit pas sursauter. Elle me procura une vague de plaisir et de réconfort. Comme si Wes était à sa place dans ma maison. Dans ma vie.

— Je suis dans la chambre, répondis-je.

— Tu ferais mieux de ne pas y être.

Je souris en entendant son ton autoritaire.

— Eh bien, mes vêtements sont ici. Je ne peux pas me promener toute nue, quand même ?

Ses pas lourds annonçaient son approche.

— Ce n'est pas prudent.

En quelques secondes, il était dans la chambre, me soulevant par la taille et me faisant pivoter pour me ramener dans le couloir. Ma serviette glissa et tomba sur le seuil.

— Putain, ma jolie.

Ses yeux semblaient briller d'un vert vif alors qu'il

me regardait d'un air furieux. Son regard se posa sur mes seins et il grogna d'une voix grave et animale.

— Il n'y a vraiment rien de mal à être nue, marmonna-t-il en se baissant pour ramasser ma serviette tout en examinant lentement mon corps.

Je gloussai et sentis mes tétons durcir.

Lentement, en prenant beaucoup plus de temps que nécessaire, il m'enveloppa à nouveau dans la serviette, en prenant le temps de me regarder.

— *Je* vais aller chercher tes vêtements. Merde, je suis désolé de ne pas y avoir pensé hier. Mais pourquoi es-tu ici ? Non seulement je ne suis pas sûr que ton toit ne s'effondre pas, mais tu as des fils électriques qui pendent partout. Tu pourrais être électrocutée.

Un sentiment de découragement commença à m'envahir à nouveau. Il ne m'aidait pas à rester positive.

Ma maison était littéralement en ruine, et je devais vivre comme ça pendant des semaines, voire des mois.

— Pourquoi tu n'as pas pris ta douche chez moi ? demanda-t-il.

Mes épaules s'affaissèrent.

— J'ai... eu une journée difficile. J'avais juste besoin d'être seule un moment pour me ressaisir avant de venir.

— Te ressaisir ?

Wes me souleva d'un coup avant que je ne comprenne ce qui se passait, son avant-bras se trouvait sous mes fesses. Il me plaqua contre le mur du couloir et pressa son corps contre le mien, nous amenant nez à nez, mes pieds flottant à trente centimètres au-dessus du sol. Je pouvais sentir sa bite dure à travers son jean, et il la pressait contre ma chatte. Je gémis, puis roulai des hanches.

— Qu'est-ce que ça veut dire ?

Je soupirai.

— Ça veut dire que je ne voulais pas vous déranger, toi et Remy, avec ma mauvaise humeur et ma journée pourrie.

Il éclata de rire.

— Toi ? De mauvaise humeur ? Je crois que c'est moi qui suis toujours de mauvaise humeur. Ma puce, tu n'as pas besoin de te retenir pour moi. Tu n'as pas besoin de cacher que tu as passé une mauvaise journée. Pas pour Remy non plus. Elle a quatre ans. Je sais que tu l'as déjà vue faire des caprices et piquer des crises. Et moi, eh bien, j'imagine que j'en fais tout le temps, mais en version adulte.

Mes yeux me piquaient. Mince. Je ne voulais pas pleurer, même si ce qu'il disait était troublant. Et vrai.

J'essayai de l'embrasser pour détourner le flot d'émotions, mais il resta immobile, sans me rendre mon baiser.

Je reculai, perplexe.

— Je vais te baiser jusqu'à ce que tu n'en puisses plus, si c'est ce dont tu as besoin, Joy, mais peut-être que ce dont tu as vraiment besoin, c'est de pleurer un bon coup. Si c'est le cas, je préfère te serrer dans mes bras et t'écouter.

Un sanglot monta dans ma gorge. Je ne voulais *pas* pleurer. Même au milieu du carnage qu'était ma maison, l'endroit idéal pour laisser mes sentiments m'envahir.

— Repose-moi, dis-je la gorge serrée.

Wes fronça les sourcils. Il me remit doucement sur mes pieds, mais ne me lâcha pas. Je lui donnai un petit coup sur la poitrine pour l'éloigner–je ne voulais surtout pas rester là, à me sentir aussi vulnérable, pendant qu'il me fixait mais ne bougeait pas.

Mon Dieu, je me sentais plus vulnérable émotionnellement que lorsque la serviette était tombée une minute auparavant, laissant apparaître mon corps nu.

— Wes, soufflai-je.

— Il me semble, dit-il lentement en m'observant, que tu es le genre de personne qui sait très bien remonter le moral des autres. Tu es joyeuse et gentille. Tu es le rayon de soleil au milieu d'une tempête.

Je clignai des yeux, mais les larmes commençaient à couler.

— J'adore ça chez toi, admit-il.

*Il aimait ça chez moi.*

— Mais tu as aussi le droit de ne pas aller bien.

J'appuyai mon front contre son torse large et musclé, et je me mis à pleurer pour de bon. Il m'enlaça.

— Tu n'es pas toujours obligée de te réjouir de tout.

Parfois, ça craint, tout simplement. Ou ça casse, comme ton toit en ruine. On peut se blottir sous les couvertures, enlacés, et se réconforter mutuellement. Tant que c'est dans mon lit, pas dans le tien.

Oh mon Dieu.

Je craquais complètement.

Je sanglotais contre la poitrine de Wes, sans même savoir d'où venaient toutes ces émotions. Probablement de la moitié de ma vie passée à être joyeuse pour compenser la dépression de ma mère, j'imaginais.

Que se passerait-il si maman me voyait pleurer ? S'enfoncerait-elle encore plus dans l'une de ses dépressions ? J'avais toujours dû lui montrer ce qu'était le bonheur.

Wes ne bougeait pas, se contentant de me caresser le dos de sa grande main. Il était mon roc, me soutenant pendant que je me laissais aller.

Puis, parce que pleurer me semblait si irrationnel et pourtant si bon, je commençai à rire à travers mes larmes.

Wes éloigna mon visage de son t-shirt désormais humide et me regarda avec inquiétude.

— Tu es en train de rire ?

— Oui. Non. Enfin, je crois que oui, répondis-je en riant et en pleurant. Pleurer me fait du bien, alors je ris.

Je ris encore plus fort, les larmes coulant sur mes joues.

Un petit rire s'échappa de ses lèvres.

— Tu te moques ! l'accusai-je en pointant mon doigt vers son visage.

Son sourire me fit rire si fort que j'eus des crampes d'estomac. Je me pliai en deux et lui donnai une tape sur la poitrine.

Il gloussa.

Je ris encore plus fort.

Puis, tout à coup, nous nous retrouvâmes par terre dans mon couloir, moi blottie contre Wes, appuyée contre l'un de ses bras musclés. J'essuyai mes larmes, alternant entre rires et pleurs.

Wes alternait entre des petits rires et des baisers sur le sommet de mon crâne.

Finalement, épuisée, je m'adossai à lui et soupirai.

Il me caressa le bras.

— Que s'est-il passé aujourd'hui, ma belle ?

— Ce n'est rien, vraiment. C'est juste que je ne recevrai pas l'argent de l'assurance pour réparer la maison avant au moins un mois, et... ma mère.

— Elle va bien ?

— Oui. Physiquement, oui. Mentalement, elle traverse une période difficile. Elle souffre de dépression depuis le divorce de mes parents.

Wes grogna.

— Ça a été compliqué ?

J'acquiesçai.

— Oui, très compliqué. Il y a eu une bataille pour la garde qui a duré des années. C'était probablement plus parce que mon père ne voulait pas payer la pension alimentaire que parce qu'il voulait vraiment que je vive avec lui. Ma mère n'a jamais réussi à supporter tout ce stress.

Wes embrassa mon épaule nue.

— Et tu as pris en charge de la soutenir.

Je restai immobile. L'avais-je fait ?

Je tournai la tête pour le regarder.

— Oui ? Tu as raison, je suppose que oui.

— C'est logique, psychologiquement. C'était ta mère, la personne sur laquelle tu comptais pour survivre quand tu étais enfant. Bien sûr, son bien-être mental était essentiel à ta propre survie. Tu es devenue Mlle Rayon de Soleil.

Cela me fit à nouveau monter les larmes aux yeux, tandis que la compassion pour la petite fille que j'avais été m'envahissait.

— Oui, Mlle Positivité Toxique.

— Pas toxique, me rassura Wes. Mais peut-être que tu évites les émotions désagréables parce qu'elles te font peur.

Je clignai rapidement des yeux.

Des souvenirs de ma mère qui s'inquiétait quand j'étais malade ou triste me revinrent à l'esprit.

— Oui, je ne voulais pas la rendre triste. Et je ne

voulais surtout pas finir comme elle.

— Elle ne va pas bien en ce moment ?

— Aujourd'hui ? Non. Elle ne dort pas bien, ce qui aggrave sa dépression. Je lui ai apporté à dîner et j'ai essayé de lui remonter le moral, mais... soupirai-je.

— Comment puis-je t'aider ?

— Tu as un climatiseur en trop ? demandai-je en plaisantant.

— En fait, oui.

Je relevai la tête.

— Vraiment ? demandai-je, stupéfaite.

Il sourit. Il souriait vraiment. Son visage s'illumina et je sentis mon cœur se réchauffer.

— Oui. Il est au ranch. Il a dû faire très chaud l'été dernier, et Johnny a acheté un climatiseur pour sa chambre dans le dortoir.

— Il ne s'en sert pas ?

Wes secoua la tête.

— Non. Rob a fait installer la clim. Je le ramènerai demain, et on l'apportera chez ta mère. Je l'installerai pour toi. Ça te va ?

— Ce serait parfait. Merci beaucoup.

— Bien.

Il me souleva de ses genoux et se leva.

— Je vais sortir tes vêtements de la chambre, et tu vas ramener tes jolies fesses chez moi. Et ce soir, une fois que

Remy sera couchée, tu seras punie pour ton imprudence une nouvelle fois.

Le visage de Wes prit une expression animale.

Ma chatte se contracta. Mes tétons durcirent.

— Ah oui ? Quel genre de punition ? dis-je en mettant un petit ronronnement dans ma voix.

— Le genre qui te laisse le cul rouge et la chatte dégoulinante.

La voix de Wes était rauque et grave. Elle alla droit à mon sexe.

Mon clitoris palpitait lentement et régulièrement. J'aimais son côté autoritaire. J'aimais son côté grincheux. J'aimais son côté héroïque et le fait qu'il soit là pour moi comme personne ne l'avait jamais été auparavant.

Cela semblait fou et prématuré, mais j'étais en train de tomber amoureuse de ce type. Vraiment.

Il me serra les fesses d'une étreinte brutale et possessive, puis m'embrassa passionnément.

— J'ai hâte d'y être, murmurai-je lorsqu'il rompit notre baiser.

Ses yeux semblaient briller d'un éclat vert dans l'obscurité.

— Moi aussi, bon sang.

## 19

WES

LE LENDEMAIN SOIR, après le travail, Remy, Joy et moi apportâmes le climatiseur chez la mère de Joy.

Ayant été prévenue, Mme Wallace nous attendait devant la porte lorsque nous arrivâmes. Si Joy ne m'avait pas dit qu'elle était déprimée, je ne m'en serais pas aperçu. Elle et Joy se ressemblaient tellement avec leurs cheveux blonds et leurs yeux bleus. Ceux de Mme Wallace n'étaient pas aussi vifs que ceux de sa fille, et ils s'illuminèrent à la vue de Remy.

J'allais devoir mettre des marshmallows supplémentaires dans le chocolat chaud de Remy, car elle avait tout de suite adopté *Mam Wall*, lui racontant sa journée à la maternelle, puis la persuadant de lui faire des cookies.

Tout ce que j'avais fait, c'était lui serrer la main quand Joy m'avait présentée, puis installer le climatiseur dans sa chambre.

En voyant à quel point elles étaient heureuses– oui, heureuses– toutes les trois, j'avais décidé de les laisser passer un moment entre filles et j'étais rentré chez moi.

Heureusement que je l'avais fait.

Moins de dix minutes après mon retour, Soraya débarquait. Je ne savais pas si elle l'avait fait exprès ou pas.

— Je suis venue voir Remington, dit-elle après que j'eus ouvert la porte, en s'appuyant contre le montant. Je ne la laissais pas entrer, et mon geste le montrait clairement.

— Elle s'appelle Remy, tu le saurais si tu avais été là.

Soraya posa une main sur sa hanche, laissant ses épaules s'affaisser en signe de défaite.

— Je veux être sa mère.

Je n'avais pas vu Soraya depuis tout ce temps. Elle n'avait pas changé. Elle était très belle. De longs cheveux bruns, lisses, une peau pâle, grande et mince. Mais je connaissais son cœur. Je connaissais sa nature, et celle-ci était laide.

— Oui, alors tu n'aurais pas dû partir il y a quatre ans, rétorquai-je.

— Je sais que je n'aurais pas dû partir. J'ai juste eu

peur. Je ne savais rien de l'éducation d'une louve, et elle était si petite et sans défense.

Mon dieu, je me souvenais de ces longues nuits à tenir dans mes bras un bébé qui pleurait et ne voulait pas dormir. Maudissant Soraya de nous avoir abandonnés.

— Moi non plus, je n'y connaissais rien, rétorquai-je. Mais je n'ai pas abandonné cette petite louve dont la vie dépendait de moi.

— Oui, je savais que tu serais meilleur que moi. Je pensais que je gâcherais sa vie. J'étais dans un état pitoyable. Mais je me suis reprise en main, et je veux la récupérer. C'est ma fille.

— Quel est le féminin de donneur de sperme ? Mère porteuse ? Tu n'as été qu'un utérus pour qu'elle puisse grandir. Rien de plus.

C'était dur ? Oui, carrément.

Je vis son visage se durcir. Tout ce à quoi elle avait joué auparavant, qu'il s'agisse de tristesse ou d'honnê-teté, n'avait été qu'un jeu.

— Que veux-tu vraiment, Soraya ?

— Je veux Remy.

Elle croisa les bras sur sa poitrine. Le contraste entre Soraya et Joy était flagrant. Soraya respirait la cupidité. Elle voulait Remy pour une raison quelconque et pensait l'obtenir. Je repensai à ce que Joy avait dit à propos de son père qui s'était battu pour obtenir la garde afin d'éviter de payer une pension alimentaire. Voulait-elle Remy pour que je sois obligé de lui verser une pension ?

Mais elle se berçait d'illusions si elle pensait que je renoncerais à mon enfant. J'avais un cœur. Contrairement à elle.

Elle était passée comme si elle venait demander une tasse de sucre, et que j'allais la lui donner, puis elle repartirait. Parce qu'on ne rendait pas le sucre.

Joy était quelqu'un de généreux. Elle donnait sans compter jusqu'à ce qu'elle soit vide. Je savais comment elle était dans ces moments-là. En tant que compagnon, c'était mon rôle de la recharger quand elle en avait besoin, car sa luminosité était ma source d'énergie.

Soraya, en revanche ? C'était une sangsue.

— Pas question.

Elle haussa un sourcil.

— Vraiment ? Tu n'as pas ton mot à dire.

— Je n'ai pas mon mot à dire ? Tu es folle ? Elle est à moi depuis le moment où tu m'as dit qu'elle était trop dure à gérer et que tu voulais te séparer d'elle. C'est ma fille. Ma vie. C'est moi qui décide de *tout*.

Elle ne recula pas. Pas même d'un pouce.

— Quand le conseil apprendra que tu vis avec une humaine, ils me la donneront.

Je me sentis soudainement glacé. Terriblement glacé. J'avais envie de l'étrangler, mais cela ne l'aurait pas tuée. Elle me menaçait en utilisant Joy.

— Je sens son odeur sur toi.

Elle plissa le nez comme si cette odeur était répugnante.

J'adorais sentir l'odeur de Joy sur moi. Elle apaisait mon loup.

Je relevai le menton.

— Va-t'en, Soraya. Retourne dans le trou d'où tu es sortie. Fiche-nous la paix.

Elle fit un pas vers moi. Elle releva le menton pour me regarder dans les yeux.

— Je vais convoquer le conseil, et ils seront de mon côté.

— Ouais, bonne chance, grognai-je, même si je n'en étais pas si sûr.

Le conseil allait-il se ranger de son côté ? Prenaient-ils leurs décisions en faveur des louves en se basant uniquement sur des critères biologiques ? S'opposeraient-ils au fait qu'un louveteau soit élevé dans une famille mixte ?

— Je reviendrai.

Soraya s'éloigna en secouant sa longue chevelure épaisse.

Je la regardai jusqu'à ce qu'elle monte dans sa voiture et s'éloigne dans la rue. Puis je sortis mon portable et appelai Johnny.

— Tu as des infos ? demandai-je.

Johnny eut un petit rire.

— Bonjour à toi aussi. On dirait que tu es redevenu grincheux. Ta compagne n'est pas...

Je l'interrompis.

— Soraya est repassée. Elle est là pour Remy.

— Merde, mon pote. Désolé. Je vais vérifier mes e-mails, voir si j'ai des nouvelles de mon contact dans ton ancienne meute.

Je rentrai, fermai la porte d'entrée, puis fis les cent pas. Heureusement que les filles n'étaient pas là. Je les aurais effrayées toutes les deux. Heureusement que c'était la pleine lune demain, on pourrait courir.

— Rien pour l'instant.

Je soupirai et me frottai le front.

— Merde.

— S'il y a quelque chose, on le trouvera, promit-il.

— Il y a quelque chose. Cette femme est comme Dr Jekyll et Mr Hyde. Elle fait tout son possible pour être gentille, pour que je cède, mais dès que je m'oppose à elle, elle sort ses griffes.

— Ça a l'air sympa... marmonna Johnny.

— Elle a dit qu'elle allait en parler au conseil.

— Je n'ai encore rien entendu, dit-il. Je le saurais, puisque tu fais partie de ma meute et que je te protège.

Johnny était un gamin comparé à moi, et il avait pour mission de me protéger. Je lui en étais reconnaissant, à lui-même et à sa mission.

— Tiens-moi au courant si tu apprends quelque chose.

— Bien sûr.

Maintenant, je devais attendre. J'essayai d'être comme Joy et de voir la vie en rose, mais après deux secondes, je compris que ça ne marcherait pas.

Mon ex en avait après Remy. Je ne serais pas tranquille tant que cette histoire ne serait pas réglée.

## 20

JOY

JE NE ME souvenais pas d'une époque où ma mère avait semblé si...rayonnante.

La petite Remy avait utilisé toute sa ruse de fillette de quatre ans pour obtenir des biscuits. Du chocolat chaud. Un film de princesses. Une couverture spéciale pour regarder des films, une vieille couverture rose que ma mère avait trouvée dans le placard. Et même du jus de pomme avec deux cerises au sirop.

Dire que Remy avait été gâtée était un euphémisme.

Dire que je m'en fichais parce que maman profitait de chaque instant était également un euphémisme.

Maman souriait.

Maman riait.

Maman faisait des câlins.

Maman était la maman dont je me souvenais quand j'étais petite.

Est-ce que je pensais qu'elle était guérie de sa dépression ? Bien sûr que non.

Mais elle passait une bonne journée, et j'espérais qu'elle et Remy pourraient à nouveau passer du temps ensemble.

Quand Wes vint nous chercher, il dut porter Remy jusqu'à la voiture car elle dormait profondément. Elle ne se réveilla pas non plus quand il la mit au lit à notre arrivée à la maison.

— Qu'est-ce qui se passe ? lui demandai-je après qu'il eut fermé la porte de la chambre.

Je savais que le silence dans la voiture n'était pas dû au fait qu'il ne voulait pas réveiller sa fille. Même si un ouragan ou un arbre s'était abattu sur ma maison, elle aurait continué à dormir.

Non, quelque chose n'allait pas. J'étais habituée à son caractère grincheux, mais il dégageait une colère et une frustration palpables. Je le pris dans mes bras.

— Dis-moi, lui murmurai-je contre sa chemise.

— Soraya est revenue.

Je m'écartai et levai les yeux vers lui.

— Que s'est-il passé ?

— Elle a dit qu'elle voulait récupérer Remy. Je lui ai dit de dégager.

— Elle t'a dit pourquoi ?

Il serra les mâchoires et secoua la tête.

Je pris ses mains.

— Qu'est-ce qu'on va faire ?

Je ne connaissais rien aux lois sur la garde des enfants, mais je savais quel père formidable il était. Si Soraya avait abandonné sa propre fille juste après sa naissance, il devait y avoir un précédent qui permettrait à Wes d'obtenir la garde. Mais cela restait effrayant, et Remy n'était même pas mon enfant.

Je m'étais investie dans cette histoire. Je souffrais pour Wes et je me sentais protectrice envers Remy, car cette femme n'avait pas une once de maternité en elle.

Le coin de sa bouche se releva.

— J'aime que tu aies dit « on ».

Je m'assis sur ses genoux et pris son visage entre mes mains.

— Tu m'as aidée, maintenant c'est à moi de t'aider.

À ma façon.

— On doit attendre de voir ce qui va se passer. On réagira en fonction.

C'était une réponse terriblement vague, mais en réalité, il n'y avait pas grand-chose à faire tant qu'on n'avait rien à quoi réagir.

En attendant, nous devions patienter. Je devais apaiser Wes, d'une manière ou d'une autre. Les mots pouvaient peut-être aider un peu, mais je savais ce qui le calmerait, car lorsque j'avais été bouleversée par l'arbre qui s'était abattu sur ma maison, il avait su comment me rassurer.

Je l'embrassai. Fougueusement.

Il me rendit mon baiser, prenant le dessus. Oui, il en avait besoin. J'allais le lui donner.

Je me frottai contre lui, ma chatte s'alignant parfaitement avec le tissu rugueux de son jean.

— Wes, murmurai-je.

— Tu es à moi, grogna-t-il.

Puis il m'attrapa par les hanches et se leva.

J'enroulai mes jambes autour de sa taille tandis qu'il me portait jusqu'à sa chambre. Nous déciderions quoi faire à propos de Soraya. Ensemble.

## 21

JOY

Le lendemain soir, j'étais de nouveau installée dans le jardin à l'arrière de la vaste maison de Rob et Willow Wolf. Marina m'avait invitée à passer la soirée avec les femmes du Wolf Ranch pendant que les hommes s'occupaient du bétail.

Comme ma maison était pratiquement inhabitable, du moins temporairement, et qu'il y avait un risque que Soraya, la folle, passe à nouveau, j'étais ravie de passer la soirée loin de chez Wes.

Remy était à l'intérieur en train de regarder un film avec Lily, la fille de Clint, un autre employé.

Ayant vécu toute ma vie à Cooper Valley, je connaissais la plupart des femmes ici, mais c'était un plaisir d'apprendre à mieux les connaître. Nous sirotions du vin et grignotions un magnifique assortiment de charcuteries. Marina ne se contentait apparemment pas de faire de la pâtisserie. J'adorais faire partie de leur groupe. Il y avait une grande solidarité ici, au ranch, non seulement entre les hommes, mais aussi entre les femmes. Heureusement pour moi, dès que j'avais commencé à sortir avec Wes, elles m'avaient intégrée à leur groupe.

J'étais honorée.

Le groupe comprenait Marina, que j'adorais, et sa sœur Audrey, la femme de Boyd Wolf, qui était gynécologue-obstétricienne à Cooper. Il y avait aussi Becky, qui travaillait comme infirmière avec Audrey. La petite Lily était sa fille.

Riley, la femme de Cody, était là, ainsi qu'Emma, une nouvelle venue de Los Angeles qui sortait avec Johnny. Natalie était propriétaire du ranch voisin du Wolf Ranch, et à l'autre bout du cercle de chaises se trouvait Charlie, la vétérinaire du ranch.

— Où est Willow ? demandai-je en faisant référence à la femme de Rob Wolf.

— Oh, elle aide les hommes, répondit Marina en riant.

— Tant mieux pour elle.

Je me mis une olive dans ma bouche. Willow avait l'air d'être une femme de caractère. Si j'avais bien compris, elle travaillait sous couverture pour le FBI dans le ranch de Natalie lorsqu'elle avait rencontré Rob. C'était fou !

Soudain, Lily arriva en courant, la porte mousti-
quaire claquant derrière elle.

— Maman, je veux courir avec les loups aussi !

Quelques femmes jetèrent un coup d'œil dans ma
direction et rirent tandis que Becky prenait l'enfant sur
ses genoux pour la câliner.

— Sommes-nous les *Femmes qui courent avec les
loups* ?

Je me souvenais du livre que ma mère avait sur sa
table de chevet il y a des années.

Marina rit doucement.

— Eh bien, c'est le Wolf Ranch après tout, alors nous
devons faire tous les rapprochements possibles avec les
loups.

— C'est vrai, acquiesçai-je en me levant. Je vais voir
Remy, dis-je, car elle était toute seule dans la maison
maintenant. Elle avait passé plus de temps au ranch que
moi depuis que Wes y travaillait, mais la maison était
grande et je savais qu'elle avait un peu peur de la
méchante reine du film.

— Elle est partie courir avec les loups, dit Lily, blottie
contre sa mère.

— Ah bon ? demandai-je d'un ton enjoué. Eh bien, je
vais peut-être y aller aussi.

Je rentrai dans le salon où les filles regardaient un
film, mais Remy n'était pas là.

Où était-elle ?

Je regardai dans la salle de bain et dans la cuisine, mais je ne la vis pas.

— Remy ? appelai-je.

Un sentiment d'inquiétude m'envahit.

— Remy ? criai-je.

Je comprenais maintenant pourquoi Wes avait été si grincheux le soir de notre première rencontre. Il s'était inquiété de ne pas trouver sa fille. C'était normal. Mais maintenant que j'étais confrontée à la même situation, je devais lutter contre une panique grandissante.

Je retournai rapidement dans le jardin.

— Lily, où as-tu dit que Remy était allée ?

Lily désigna l'extérieur de la maison.

— Dehors. Courir avec les loups.

Dehors. D'accord.

Il n'y avait probablement pas lieu de s'inquiéter. Le ranch était un endroit sûr. Remy était sans doute juste sous le porche.

C'était ce que j'espérais. Mais mon cœur battait à tout rompre alors que je faisais demi-tour et traversais la maison en courant–au cas où elle se serait cachée à l'intérieur–pour revenir vers la porte d'entrée.

— Remy ?

J'ouvris la porte et sortis.

Les petits vêtements de Remy étaient éparpillés sur les marches.

Quoi ?

Becky m'avait suivie, Lily sur la hanche.

— Tu l'as trouvée ?

— Non, mais j'ai trouvé ses vêtements.

Je désignai le petit tas.

— Ah, dit Becky.

— REMY !

J'élevai la voix et criai dans la fraîcheur de la nuit du Montana. La lune était pleine, je pouvais donc voir un peu en scrutant le paysage environnant.

— Elle a enlevé ses vêtements pour être comme un loup, dit Lily.

— Ohhh. Elle voulait retrouver son papa ?

Becky semblait mieux comprendre sa fille que moi.

Lily acquiesça de sa tête blonde.

— Oui. Elle a couru vers la montagne.

Oh, merde.

— Quoi ? Vers la montagne ?

J'essayai de garder une voix calme pour ne pas effrayer Lily, mais j'étais maintenant vraiment inquiète.

Remy avait couru nue vers la montagne ? Merde !

La voix de Becky reflétait mon inquiétude.

— Bon, elle ne peut pas être loin. Je vais chercher les autres, on va se séparer et la chercher.

— D'accord.

Je me précipitai pour prendre mon téléphone et utiliser la lampe torche, et les autres femmes arrivèrent depuis le jardin derrière la maison.

— Il faut que j'appelle Wes, dis-je en composant son numéro.

— Je ne pense pas qu'ils aient du réseau là où ils sont, dit Audrey. On va devoir se débrouiller toutes seules pendant un moment, mais on va la retrouver. Elle ne peut pas être loin.

— C'est vrai. Lily est sortie il y a seulement une minute, acquiesça Becky, affichant un sourire nerveux. Probablement juste après le départ de Remy.

— Non, j'ai regardé le film pendant un moment, dit Lily. Elle est partie avant que les souris ne se mettent à danser.

Je luttai contre la panique et courus dehors.

— REMY !

— Par où est-elle partie, Lily ? demanda Becky à sa fille, restant à mes côtés.

J'attendis que l'enfant me montre la direction, puis nous partîmes tous les deux dans cette direction.

— Marina et moi, nous irons par-là, dit Audrey en montrant la droite. Riley, toi et Emma, allez par là.

Elle montra la gauche, dans la direction où Becky et moi nous dirigions.

— Je vais prendre un cheval, proposa Charlie. Je peux partir à cheval pour essayer de trouver les garçons et les faire participer à la recherche.

— Je viens avec toi, dit Natalie.

*Remy allait bien. Remy allait bien,* me répétai-je.

Tout comme elle avait été en parfaite sécurité, en train de manger une glace sur mon porche lorsque Wes ne la trouvait pas le jour du déménagement. À cet instant précis, elle était probablement en parfaite sécurité.

Mais bon, elle était nue dans la montagne en pleine nuit. Il faisait beau, il n'y avait aucun risque de tempête comme les nuits précédentes, et il faisait chaud. Mais elle pouvait se perdre, se faire mordre par un serpent à sonnettes ou...

Non, il fallait que j'arrête ça.

Je ne pouvais pas penser ce genre de choses. On allait la retrouver.

Mon cœur se serra d'amour pour cette petite fille. Je repensais à elle endormie contre moi, à sa conversation joyeuse avec ma mère la veille au soir, à ses câlins gigantesques chaque fois qu'elle me voyait, et j'avais les larmes aux yeux.

Mais je n'avais aucune raison de pleurer. Elle allait bien ! Bien ! Nous allions la retrouver.

— Remy ! appelai-je.

J'entendis Audrey et Marina appeler à droite, et Emma et Riley à gauche. Le bruit des sabots résonna autour de nous, lorsque Natalie et Charlie empruntèrent le sentier qui montait le long de la montagne.

— Remy ?

Mon cœur battait à tout rompre, mon estomac était

noué. J'avais du mal à respirer. Plus les minutes passaient sans que nous la trouvions, plus je paniquais.

— L'une d'entre nous aurait dû rester à la maison, réalisai-je en m'arrêtant un instant.

— Retourne à la maison, dis-je à Becky, car porter une enfant de deux ans lors d'une randonnée nocturne était probablement plus difficile qu'elle ne le laissait paraître. Au cas où elle serait encore à la maison ou qu'elle y retourne.

— Bonne idée, dit Becky en hochant la tête. Donne-moi ton numéro, je t'appelle si je vois quelque chose ou si elle se cache ou quelque chose comme ça. Je vais envoyer un SMS groupé pour que tu aies tous les numéros, me rassura Becky. Donne-moi juste ton numéro.

Je lui donnai mon numéro, puis nous nous étreignîmes rapidement avant de nous séparer. Une fois seule, il m'était encore plus difficile de rester positive.

Remy pouvait être blessée. Perdue.

Et si nous ne la retrouvions pas avant qu'il lui arrive quelque chose de terrible ?

Et si... Oh mon Dieu ! Et si sa mère était venue au ranch et l'avait kidnappée ?

Non, ce n'était pas possible. Lily avait dit qu'elle voulait courir avec les loups. Elle l'aurait dit si elle était partie avec quelqu'un.

Je continuai à marcher et à appeler Remy jusqu'à en perdre la voix.

Au loin, j'entendis le hurlement d'un loup.

Les poils de mes bras se hérissèrent. Quand un groupe d'autres loups répondit au hurlement, je pris vraiment peur. Et si c'était le cri de victoire après une chasse ?

Et si la chasse leur avait permis d'attraper une fillette de quatre ans ?

Mes genoux se dérobèrent sous moi.

— Remy ? hurlai-je. REMY ! Où es-tu ?

## 22

WES

Le hurlement caractéristique de Rob était un appel, et nous nous arrêtâmes tous pour nous diriger vers lui. Dès que je sentis l'odeur des chevaux, je sus que quelque chose ne tournait pas rond. Les femmes avaient dû venir ici à cheval parce qu'il s'était passé quelque chose. Il n'y avait aucune autre raison pour qu'elles le fassent. Elles savaient que cela nous perturbait et que cela rendait les chevaux nerveux.

Je courus jusqu'à la crête où se tenait Rob, sous sa forme humaine, avec Charlie et Natalie.

— Remy est dans la montagne, dit-il sèchement, sans attendre que je me transforme. Elle a dit qu'elle voulait courir avec les loups. Les femmes essaient de la retrouver. Pars maintenant, j'enverrai les autres après toi.

Je fis demi-tour et dévalai la montagne, mes pattes griffant les rochers dans ma course effrénée. Je m'arrêtai lorsque j'entendis des voix. C'étaient les femmes qui appelaient Remy. Je dressai les oreilles et tendis l'oreille pour entendre la réponse de ma fille.

*Là-bas.*

Je ne savais pas si j'entendais sa voix ou si c'était simplement mon instinct de loup qui me guidait, mais je savais avec certitude dans quelle direction aller.

Je fis demi-tour et dévalai la montagne au galop. Les cris affolés de Joy appelant Remy devenaient de plus en plus forts. Ma compagne était elle aussi sur la bonne piste.

Bien sûr. Parce que c'était ma compagne. Humaine ou non, elle avait l'instinct maternel pour sa petite louve. Et oui, je voyais désormais Remy comme étant la fille de Joy, même si je ne la connaissais que depuis moins d'une semaine. Elle aimait ma fille plus que Soraya ne l'avait jamais aimée et se montrait plus attentive à son égard.

Mais je ne pouvais pas penser à la mère biologique de Remy pour le moment.

C'était un tout autre problème.

Pour l'instant, je devais trouver Remy.

— Joy !

*Là.*

Je venais de l'entendre, la voix de ma fille. Le son était faible et ténu, mais j'étais sûr que c'était elle. Je m'arrêtai seulement le temps de hurler pour signaler à la meute que j'étais sur sa piste, puis je me précipitai dans la direction d'où venait sa voix.

— Remy ?

Joy l'avait entendue aussi.

— Où es-tu, ma chérie ? J'arrive !

Je dérapai jusqu'au bord d'une crevasse et me penchai par-dessus le rebord. Ma petite fille était en bas. Nue, à l'exception de ses petites sandales.

Il fallait que l'univers me vienne en aide.

Je levai le museau vers la lune et hurlai pour faire savoir à la meute que je l'avais trouvée.

— Papa ! Je suis en bas ! cria Remy en reconnaissant mon loup.

Elle agitait ses petits bras.

— Je suis en bas !

— Je te vois, Remy !

Joy dérapait déjà et glissait sur le bord opposé de la falaise. Merde, elle allait se faire mal !

Je sautai sur la corniche en contrebas, puis sur une autre, descendant la paroi abrupte à petits pas jusqu'à ce que j'atteigne le sol.

Je courus vers Remy, qui se jeta dans mes bras et se mit à pleurer.

— Remy, ne bouge pas ! Pendant un bref instant, je ne compris pas la tension et la peur dans la voix de Joy.

Puis je compris. Elle avait peur de *moi*.

De son propre compagnon.

Elle ne m'avait pas vu sous ma forme de loup. Elle ne savait toujours pas ce que j'étais.

Les cris de mes compagnons qui arrivaient et se rassemblaient sur la crête au-dessus ne faisaient qu'ajouter à la peur de Joy. Elle leur jeta un rapide coup d'œil tout en se baissant pour ramasser une grosse pierre, avançant lentement vers nous avec discrétion. Elle serra la pierre devant elle, comme si elle était prête à s'en servir.

— Éloigne-toi lentement du loup, Remy, l'avertit Joy.

Sa voix était calme et assurée, mais je percevais une pointe de peur. Son visage était couvert de sueur et ses yeux étaient exorbités. Elle soupesait la pierre dans sa main comme une balle de softball.

— Je ne veux pas, gémit Remy, ne comprenant pas pourquoi elle devait quitter son père.

— Tout va bien. Viens vers moi, lui fit Joy en lui faisant signe de sa main libre, tout en continuant à ramper vers nous.

Puis elle prit son élan, comme une lanceuse au soft-ball, et projeta la pierre vers moi. Je dus m'écarter pour éviter d'être touché à la tête. Si cela avait été quelqu'un d'autre, j'aurais été furieux. Mais j'étais fier de ma féroce compagne. Elle avait des talents cachés !

Remy hurla en se jetant dans mes bras.

— Arrête ! Ne fais pas de mal à mon papa.

— Remy ! s'écria Joy, alarmée.

Et puis merde. Je m'en fichais que Rob et toute la meute me regardent enfreindre les règles. Joy était ma compagne. Je n'allais pas la laisser s'en aller. Mais je n'avais aucune idée de ce qu'elle ferait pour protéger Remy d'une menace supposée. Elle m'avait déjà lancé une pierre. J'avais survécu, mais si elle s'acharnait, elle risquait de faire quelque chose de stupide et de se blesser. Et de blesser Remy en même temps.

J'étais complètement amoureux d'elle, et nous allions trouver un moyen d'être ensemble, un métamorphe, une petite métamorphe et une humaine, ou je mourrais en essayant.

Cela signifiait qu'elle devait savoir qui j'étais.

Je me transformai et me plaçai à côté de Remy.

Joy hurla et trébucha en arrière, tombant sur les fesses.

— Tout va bien. C'est moi.

Je me précipitai vers elle et l'aidai à se relever, la serrant brutalement contre moi. Elle tremblait, était en sueur et respirait difficilement.

Du coin de l'œil, je vis les loups de ma meute s'éloigner pour nous laisser seuls.

— Je ne te ferai pas de mal.

Joy me regarda bouche bée, puis, comme lorsqu'elle avait gloussé au milieu de ses larmes, elle éclata de rire.

— Wes ?

Un large sourire illumina son visage, comme si c'était une drôle de coïncidence de me retrouver ici, dans la montagne, complètement nu, après avoir changé de forme.

— Tu n'as... tu n'as pas peur ?

— De *toi* ? Pourquoi j'aurais peur de toi ?

Elle rit encore plus fort et me serra dans ses bras.

Remy enlaça Joy par la taille.

— Euh, tu sais. À cause du loup ?

J'ébouriffai les cheveux de Remy, puis reculai pour la soulever dans mes bras, afin qu'elle se sente en sécurité.

Joy l'inclut dans notre petit cercle et se mit à rire pour de bon.

— Tu es un loup.

Le rire semblait être son moyen d'expression par défaut lorsqu'elle avait besoin d'évacuer ses émotions. Le rire ou le sexe. Elle n'aimait clairement pas pleurer, mais je l'aiderais là-dessus. Je voulais qu'elle se sente en sécurité pour exprimer toutes ses émotions, même les plus tristes.

Elle aurait un excès d'adrénaline dans le corps plus tard, et je pourrais certainement le lui faire évacuer en la baisant à nouveau. Mais pour l'instant, je la serrais dans mes bras. Je serrais mes *deux* femmes dans mes bras.

— Papa est un loup ! s'écria Remy fièrement.

Puis elle se tourna vers moi et frappa mes joues avec ses petites mains.

— Je voulais courir avec toi ce soir, papa.

— Oui, ma chérie, ça a posé un problème.

Les métamorphes avaient l'habitude de se voir nus, alors Remy ne remarqua pas mon état de nudité.

— Tu ne peux pas encore te métamorphoser. Pas avant d'être ado, quand tu seras plus grande. Beaucoup plus grande. D'ici là, tu dois rester avec les humains pendant les courses de pleine lune. Tu le sais bien.

Elle soupira.

— Mais je voulais *voir* les loups.

Je jetai un coup d'œil à Joy. J'avais tant à lui expliquer.

— Eh bien, nous ne t'avons pas montré ce soir parce que Joy ne savait pas que nous étions des loups. Tu te souviens que nous t'avons dit que c'était un secret ?

— Mais Joy est avec nous, insista Remy en hochant la tête.

Ses cheveux étaient emmêlés et son visage était maculé de saleté.

Sa remarque me fit monter les larmes aux yeux. Je regardai ma magnifique compagne et serrai plus fort ma main qui entourait sa taille.

— Oui. Du moins, j'espère.

Joy avait aussi les larmes aux yeux. Puis, elle se mit à rire à nouveau.

— Je ne sais pas ce que ça veut dire. Tu me demandes si je peux me transformer en loup ou autre chose ?

C'était à mon tour de rire, un son étrange qui jaillit de ma gorge et me surprit.

Cela fit rire Joy encore plus. Et Remy aussi.

Je secouai la tête.

— Non, chérie. Je veux juste que tu sois ma compagne. Que tu gardes notre meute secrète. Que tu portes mon odeur.

— Euh... d'accord, répondit Joy en riant encore.

Je ne savais pas si elle prenait tout cela au sérieux ou si elle comprenait dans quoi elle s'embarquait, mais je lui expliquerais tout une fois rentrés à la maison. Pour l'instant, je devais sortir mes deux femmes de ce ravin et les emmener loin de cette montagne.

Comme pour souligner cette pensée, Remy se mit à gémir :

— Je veux rentrer à la maison.

— Monte sur mon dos, mon bébé, que je ramène mes chéries à la maison, dis-je avant de me mettre à quatre pattes et de me transformer en loup.

Remy était sur mon dos et Joy me suivait en marchant à côté de moi tandis que je prenais le chemin direct vers le ranch. Ensuite, nous rentrerions à la maison.

## 23

JOY

WES ÉTAIT UN LOUP. Un loup noir *géant*.

UN LOUP.

Un loup aux yeux verts qui brillaient au clair de lune. J'avais déjà vu ces yeux verts de loup auparavant, mais je n'aurais jamais imaginé le secret qu'il cachait.

J'essayais encore de digérer tout ça. Le fait que mon nouveau voisin, mon nouveau petit ami, était en réalité un *loup*. Ça n'avait aucun sens, mais je l'avais vu de mes propres yeux.

C'était réel.

Remy avait enlacé le loup, ce qui était déjà assez fou en soi, puis il s'était soudainement transformé en Wes. Pouf ! Ou pop ! Ou... Grrrrr ? Remy n'avait pas du tout été surprise que son père soit un loup, qu'il redevienne... humain. Elle était calme parce qu'elle avait été au courant. Les enfants de quatre ans n'ont aucun problème avec les choses incroyables si ce sont des choses qui font parties de leur quotidien. Ils ne savent pas que ce n'est pas la norme.

D'autres indices qui m'avaient échappé me revinrent soudainement à l'esprit. Elle avait dit qu'elle voulait courir avec les loups. Cela avait beaucoup plus de sens maintenant que je comprenais que son *père* était l'un des loups. Elle avait également traité sa mère de louve. Qu'a-vait-elle dit lorsque Soraya était venue à la maison ? *Je ne l'aime pas, même si c'est une louve.*

Je me demandais comment elle avait su. Elle ne m'avait vraiment pas semblé être autre chose qu'une garce. Y avait-il quelque chose dans l'apparence d'un métamorphe que je devais rechercher ? Comme la façon dont j'avais vu les yeux de Wes briller d'un éclat vert ? J'avais pensé que c'était un effet de la lumière.

Il devait y avoir autre chose que les yeux. Non ?

Alors que nous retournions au ranch de Rob et Willow, je marchais à côté de Wes, admirant la beauté de l'animal qu'il était : son pelage noir, épais et brillant, ses épaules larges et musclées qui bougeaient gracieusement tandis qu'il avançait sur ses pattes puissantes. Bon sang, son loup était assez grand pour qu'un enfant puisse monter sur son dos comme sur un cheval !

Mon esprit revint vers le cercle de loups qui s'était tenu au bord du ravin. Ils étaient apparus juste après Wes.

Mon Dieu, les gars du ranch étaient-ils aussi des loups ? C'était forcément ça. Étaient-ils tous sortis... pour courir ensemble ?

Et pourquoi ?

Les femmes avaient menti en disant que les hommes déplaçaient le bétail. Le bétail, mon cul. Cela signifiait qu'elles étaient au courant. Bien sûr. Elles sortaient avec eux ou étaient mariées avec ces hommes.

J'avais vécu toute ma vie à Cooper Valley et je n'avais jamais réalisé que Wolf Ranch était un ranch *littéralement* peuplé de loups ! Ils avaient vraiment bien réussi à garder le secret.

Tout le monde était sur le porche devant la maison et nous attendait. Ils se précipitèrent vers Remy pour la serrer dans leurs bras et lui donner toute leur attention, tandis que Wes, qui n'était plus un loup mais toujours nu, disparaissait pour aller chercher ses vêtements là où il les avait laissés.

— Je parie que tu as des questions, me dit Marina en m'entraînant à l'écart. Je suis désolée de t'avoir menti, mais ce n'est pas un petit secret.

— Le secret est dévoilé, et je répondrai à toutes les questions de Joy, grogna Wes en s'approchant derrière nous. Ça va ? murmura-t-il.

Il passa son bras musclé autour de ma taille et m'embrassa sur la tempe.

Il était en sueur et couvert de saleté. Il avait même une brindille dans les cheveux.

— Tu paniques ?

— Je... non, ça va.

Je secouai la tête. Je ne paniquais pas. J'étais plutôt fascinée. Curieuse. Je mourais d'envie d'en savoir plus.

— Si tu as besoin d'en parler demain, appelle-moi, me proposa Marina. C'était un secret pour moi aussi. Je sais ce que c'est que de découvrir que ton petit ami est d'une autre espèce qui veut te marquer comme sa compagne pour toujours.

Je clignai des yeux.

— Il... quoi ?

— Tu n'aides pas, grogna Wes en direction de Marina.

Il fronçait les sourcils, l'air grincheux comme à son habitude, mais je sentais qu'il s'inquiétait de ma réaction. Il ne cessait de me lancer des regards interrogateurs.

— Si ça te va, je vais donner un bain rapide à Remy, elle est toute sale et elle s'endormira sans doute sur le chemin du retour, dit Wes.

— Bien sûr, répondit Marina. Je vais lui donner une de mes chemises pour qu'elle s'en serve comme chemise de nuit.

Nous ne parlâmes pas pendant que j'aidais Wes à mettre Remy, fatiguée et de mauvaise humeur, dans la baignoire pour le bain le plus rapide du monde. Nous l'habillâmes avec la chemise de Marina et montâmes dans la camionnette. Comme prévu, elle s'endormit avant même que Wes n'engage la voiture sur le chemin de terre.

— Raconte-moi.

Je pris sa main posée sur sa cuisse et ramenai nos doigts entrelacés vers la mienne.

Il me lança un autre de ces regards inquisiteurs tout en conduisant.

— Eh bien, tu sais maintenant que je suis un métamorphe.

— C'est le cas de tout le monde au Wolf Ranch ?

Il serra mes doigts.

— Presque tout le monde. Ce soir, c'était la pleine lune, et nous avions besoin de courir. C'est une tradition chez nous de se réunir tous les mois pour cela. Toutes celles qui sont restées sont humaines.

Je les nommai toutes pour être sûre.

— Marina, Charlie, Natalie, Emma, Riley et Audrey. Oh... et Becky.

— C'est ça. Ce sont toutes des compagnes des métamorphes.

— Des compagnes. Tu veux dire qu'elles sont... mariées ?

— Comme si le destin les avait réunis. Les hommes ont reconnu leur compagne grâce à leur odeur.

Je poussai un cri de surprise, comprenant enfin quelque chose.

— C'est pour ça que Soraya m'a reniflée !

Wes esquissa un sourire.

— Oui. Elle voulait savoir si tu étais une louve.

— Elle, c'est une louve... Remy me l'a dit après la visite de Soraya, mais je n'avais pas compris ce qu'elle voulait dire.

Il acquiesça.

— Oui.

— Ça veut dire que Remy est une louve.

— Oui. Mais elle ne se transformera pas avant la puberté.

Je secouai la tête, incrédule.

— Incroyable.

Je ne savais pas pourquoi Wes avait pensé que j'allais paniquer. Je n'aurais pas pu être plus enthousiaste. C'était comme découvrir que la magie existait.

Wes me jeta un coup d'œil.

— Tu trouves ça incroyable ?

Je me souvenais de son apparence lorsqu'il avait pris la forme d'un loup noir, géant.

— Je pense que c'est extraordinaire. Tu es extraordinaire.

— Tu n'es pas en train de paniquer tout en faisant semblant d'être calme ?

Je ris. Il m'avait percée à jour.

— Non, je ne fais pas semblant. Est-ce que je devrais paniquer ?

— Non, ma chérie. Il y a juste quelques détails que je ne t'ai pas encore expliqués.

— Seulement quelques-uns ?

C'était à son tour de rire, d'un rire sonore et profond que j'adorais.

— D'accord. Beaucoup d'autres détails...

Je retins mon souffle, frappée par une révélation.

— Tu guéris vite, n'est-ce pas ?

Il jeta un coup d'œil vers moi, puis reporta son attention sur la route.

— Oui. C'est pour ça que j'ai paniqué quand tu étais sur le toit. Si je tombais, ça aurait fait un mal de chien, mais je m'en serais remis en quelques minutes. Si quelque chose t'était arrivé... Putain. Je ne me le serais jamais pardonné.

— C'est pour ça que la petite coupure de Remy a guéri si vite !

Il se tourna vers moi, perplexe.

— L'autre soir, quand j'ai gardé Remy, elle faisait de la poterie, et elle s'est piquée avec un de mes outils. Elle a saigné un peu, mais ça a cicatrisé avant que j'aie eu le temps de trouver des pansements dans ta salle de bain.

— Je n'en ai pas.

Ah. Ça devait être pratique.

Il se gara devant chez lui. Le silence de la nuit s'installa autour de nous.

J'observais Wes. Il m'observait.

Il y avait quelque chose de différent dans l'air maintenant. Pas une odeur ou quoi que ce soit, mais une sensation. Maintenant que je connaissais son immense secret, j'avais l'impression que nous étions plus proches. Comme s'il y avait moins de barrières entre nous, dans notre compréhension mutuelle. Dans le fait de savoir qui nous étions vraiment.

— Qu'est-ce que tu ne m'as pas encore expliqué ? demandai-je.

Je voulais tout savoir.

Notre relation était récente, mais j'étais déjà investie. Tout chez lui me semblait parfait, y compris sa fille adorable et le groupe de personnes formidables avec qui j'avais passé la soirée.

— Ce que Marina a dit... À propos de te marquer comme ma compagne pour toujours ?

Sa voix était hésitante, comme s'il abordait un sujet délicat.

— Oui, qu'est-ce que ça signifie ?

— Les loups métamorphes peuvent avoir ce que vous appelez des relations normales. Ils peuvent sortir avec quelqu'un. Certains suivent les traditions humaines et se marient légalement. Ils ont une famille, tout ça. Mais ils ont aussi la possibilité de trouver leur âme sœur, ce que vous appelez « la femme ou l'homme de ta vie ».

J'essayai d'avaler ma salive, mais en vain. Pour une raison inexplicable, mon cœur se mit à battre à tout rompre dans ma poitrine.

Que disait-il ?

— On raconte qu'un loup reconnaît sa compagne prédestinée à son odeur. On ne comprend pas ce que cela signifie tant qu'on ne l'a pas vécu. Du moins, c'était mon cas.

Ses yeux brillaient dans l'obscurité. Je voyais ses yeux de loup. Était-il en train de dire que...

— Suis-je... suis-je ta compagne ? murmurai-je.

Il porta nos mains encore jointes à sa bouche et embrassa une nouvelle fois mes jointures.

— Oui. J'aurais dû le savoir dès que j'ai senti ton odeur, mais j'étais trop bouleversé par la disparition de Remy. Ton odeur m'a rendu fou de désir, mais à ce moment-là, je ne savais pas que c'était parce que tu étais ma compagne.

Je ris à nouveau.

— Un accès de désir ?

Ses yeux se plissèrent et sa voix devint plus grave.

— Comment appellerais-tu ça alors ? La façon dont nous nous sommes unis. Je me souviens de toi à genoux devant moi.

Je déglutis péniblement. C'était une nuit que je n'oublierais jamais.

— On peut dire que tu étais fou de désir aussi, répondis-je d'une voix fluette en me tortillant sur ma chaise.

Ma culotte était mouillée à l'idée d'une nouvelle crise de folie de désir de sa part.

— Maintenant, ma belle, je veux que tu sois à moi. Je veux que tu sois ma compagne.

Cette idée m'excitait, mais je ne comprenais pas encore tout à fait.

— Qu'est-ce que ça veut dire exactement ?

— Les loups mâles marquent leur compagne prédestinée d'une morsure pendant l'accouplement. Cela imprègne de façon permanente leur odeur dans la femelle, afin que tous les autres loups sachent qu'elle a été revendiquée.

— Revendiquée ? Ça semble un peu sexiste, dis-je pour le taquiner tout en reconnaissant que plus la conversation avançait, plus je mouillais.

Les lèvres de Wes frémirent. J'adorais voir même l'esquisse d'un sourire sur son beau visage.

— Les loups mâles sont très territoriaux. Si tu es marquée, cela permet à mon loup de calmer une partie de son agressivité et d'éloigner les autres mâles de toi. L'autre jour, quand j'ai demandé à Colton et Johnny de m'aider avec ton toit, j'avais envie de les tuer tous les deux parce qu'ils étaient près de toi.

Je ris.

— Vraiment ?

Ces deux hommes étaient séduisants, mais ils n'arrivaient pas à la cheville de Wes.

— Ma jolie, quand un loup a une compagne, il est prêt à tout pour la protéger, subvenir à ses besoins et éloigner les autres mâles.

Je souris. J'aimais bien savoir qu'il était possessif à mon égard. Cela me donnait un sentiment de puissance féminine de savoir qu'il pensait que je valais la peine d'être défendue.

Je levai ma main libre.

— Euh, tu as dit *mordre* ?

Wes esquissa un sourire–un vrai. Un sourire vorace. Ses yeux brillaient d'un vert intense.

— C'est ça, ma puce.

Sa voix était grave et rauque, comme s'il était excité. Comme si me mordre serait la chose la plus sexy que nous ayons jamais faite. Et ça le serait.

Mon pouls s'accéléra. Une vibration envahit mon entrejambe.

— Tu me montres ? soufflai-je.

Il acquiesça et nous descendîmes du véhicule. Wes souleva Remy de son siège auto et la porta jusqu'à son lit. Puis il me conduisit vers la douche.

## 24

WES

REMY ÉTAIT PEUT-ÊTRE propre après son bain rapide, mais Joy et moi étions tous les deux sales. De la boue et des petits morceaux de feuilles collaient aux vêtements de Joy. Comme j'avais couru nu, on aurait dit que je m'étais roulé dans une flaque de boue. Et puis j'avais transpiré.

Pourtant, malgré les brindilles, elle était la plus belle chose au monde. Alors je lui dis.

— Ma douce, tu es magnifique.

Je saisis le bas de son t-shirt sale et le soulevai.

Elle rougit furieusement, mais je pouvais voir dans ses yeux qu'elle aimait ce compliment. Sa mère était une femme gentille, mais dépendante au niveau affectif. Je me demandais si elle encourageait suffisamment sa fille et lui rappelait souvent sa valeur.

Pour ma part, je le ferais. Chaque jour de sa vie.

— Les métamorphes ont-ils des problèmes de vue ? demanda-t-elle, les lèvres tremblantes, ne se trouvant manifestement pas jolie.

Je tendis la main et retirai un brin d'herbe de ses cheveux.

— Tu t'es lancée à la poursuite de Remy sans penser à toi ni au danger que tu encourrais.

Pour le prouver, je passai mon doigt sur une égratignure sur son avant-bras. Une ligne rouge en relief. Je détestais voir la moindre blessure sur son corps magnifique.

— Ça te fait mal ?

Elle secoua la tête.

— Tu as mal ailleurs ?

— Non, mais je vais sûrement avoir des courbatures demain.

Elle se tenait devant moi en soutien-gorge et short. Chaussettes et chaussures aux pieds.

— Je vais te déshabiller et examiner chaque centimètre carré de ton corps. *Puis je vais te baiser jusqu'à ce que tu oublies ton nom et que tu cries le mien.*

Elle déglutit, et je remarquai le battement de son pouls dans son cou. L'endroit où j'avais envie de la mordre, mais je savais qu'il serait préférable que je la marque quelques centimètres plus bas.

— D'accord.

Je tendis le bras vers la douche et ouvris le robinet pour laisser l'eau se réchauffer.

Puis je me concentrai sur ma compagne. Je m'agenouillai devant elle, défis son short et le fis glisser le long de ses jambes. Lorsque je le dégageai de ses pieds, je lui ôtai ses chaussures et ses chaussettes.

— Putain, tu es à moi. Je n'arrive pas à croire à quel point tu es parfaite. J'embrassai son ventre. Goûtai sa sueur salée. Inspirai son odeur acidulée due à l'effort, mêlée à celle musquée de son excitation.

— Wes.

Elle enfonça ses doigts dans mes cheveux. Elle s'arrêta et en retira quelque chose. Une brindille.

Elle sourit.

Il m'était impossible de ne pas lui rendre son sourire. Ma petite louve était en sécurité, endormie dans son lit. Ma compagne était presque nue devant moi. D'un mouvement du poignet, j'ouvris l'agrafe de son soutiengorge, puis cette pièce de lingerie toute simple mais sexy glissa le long de ses bras.

Je perdais peu à peu le contrôle, mais cette fois-ci, je devais y aller doucement. Je voulais savourer chaque centimètre de son corps.

Je glissai mes doigts dans l'élastique et, d'un coup sec, baissai sa petite culotte jusqu'à ses chevilles.

Je caressai doucement son corps du bout des doigts. Je la fis même tourner sur elle-même pour pouvoir admirer son dos.

Comme j'étais à genoux, je lui embrassai les fesses.

Elle se raidit en poussant un petit cri.

— Je ne vais pas te mordre, murmurai-je en agrippant ses hanches et en la faisant tourner une nouvelle fois. Mmm, ici, ce serait bien.

Ma bouche était juste au-dessus de sa chatte rasée.

— Wes, souffla-t-elle.

La salle de bain était remplie de vapeur. Il était temps de laver ma compagne pour pouvoir la salir ensuite. Et la faire mienne.

## 25

JOY

JE PENSAIS qu'il allait me baiser sous la douche. C'était clairement sur ma liste des endroits où faire l'amour avec Wes. Au lieu de ça, il me lavait de la tête aux pieds. Me fit un shampoing et mit ensuite de l'après-shampoing. Il m'embrassa et passa ses doigts partout sur mon corps tout en faisant le tour de ma silhouette pour s'assurer que je n'avais pas d'autres égratignures que celle sur mon bras.

Puis il se savonna rapidement, se rinça et m'aida à sortir de la douche.

Qui aurait cru que la douche était le meilleur préliminaire ?

Wes continua à me lécher et à m'embrasser tout en me séchant avec une serviette. Ses caresses me faisaient frémir, tous mes sens étaient en éveil, sensibilisés par son toucher, son souffle, ses grognements de satisfaction.

J'étais dans un délicieux brouillard, non seulement de désir, mais aussi de quelque chose d'encore plus enivrant : l'idée d'avoir une relation sérieuse avec Wes.

Être revendiquée par ce papa costaud, grincheux et craquant. Un homme qui voulait me mordre et me marquer pour que je sois à lui. Mon Dieu, c'était plus que romantique. Ça semblait naturel, une évidence.

Peut-être que j'avais développé un sentiment d'abandon depuis que mon père était parti. Peut-être que c'était la peur de perdre ma mère chaque fois qu'elle traversait une période difficile.

Ou peut-être était-ce simplement parce que je ressentais la même chose que Wes–qu'il était « l'homme de ma vie ». Le destin était intervenu en choisissant que ce soit Wes qui emménage à côté de chez moi.

En tant qu'artiste, j'avais confiance en la destinée. Quand j'avais commencé à faire de la poterie et que j'ai voulu en vivre, j'avais lancé un appel à l'Univers. Je m'étais dit que si c'était mon destin, mes créations se vendraient. Si je gagnais suffisamment grâce à la poterie pour quitter mon boulot de serveuse chez Cody, ce serait le signe que j'étais sur la bonne voie. Au fil du temps, j'avais pu quitter mon emploi. Je ne gagnais pas des mille et des cents, mais j'avais réussi à économiser assez pour payer le dépôt de garantie de ma maison. Je gagnais assez pour en faire mon métier à plein temps. J'étais donc convaincue que le destin m'avait amené l'homme qui m'était destiné. Celui avec lequel je « correspondais » parfaitement. Celui qui me comprenait. Celui avec qui je m'étais sentie à l'aise dès le premier regard, même quand il était de mauvaise humeur.

Était-ce rapide ? Oui. Incroyablement rapide. Si une de mes amies m'avait dit qu'elle avait rencontré un homme l'autre jour, qu'ils étaient amoureux et qu'elle voulait se faire tatouer son nom sur le corps, je lui aurais dit de lever un peu le pied. Sauf que je savais, tout simplement, et je n'avais pas de loup en moi ni un odorat surdéveloppé. Je voulais juste Wes. Et Remy. Wes laissa tomber la serviette sur le sol et me souleva dans ses bras.

— Tu es à moi, grogna-t-il en m'emportant dans sa chambre.

Mon sexe se contracta. J'*adorais* cette affirmation.

J'aimais l'idée d'être à lui. Je voulais qu'il soit à moi également.

J'envisageai l'idée d'emménager avec lui de façon permanente. D'élever Remy ensemble. De lui donner des frères et sœurs.

Tout semblait parfait.

Je pourrais transformer ma maison en studio d'artiste. Je pourrais même utiliser le salon comme « salle d'exposition » et vendre mes œuvres directement depuis chez moi.

Je m'emballais un peu trop.

Il fallait que je ralentisse un peu.

Wes m'allongea sur le dos et scruta mon visage.

— Tu paniques.

— Je ne panique pas, dis-je en secouant la tête. Je me demandais juste si ça allait trop vite.

Il traça le contour de mon téton du bout du doigt.

— Tu n'as rien à craindre. Pas avec moi. Si tu veux que j'attende avant de te marquer, je le ferai. Je passerai le reste de ma vie à te prouver que je suis digne d'être ton compagnon, s'il le faut. Je veux juste que tu sois près de moi. Que tu fasses partie de ma vie.

Mes yeux s'embuèrent et je tendis la main vers son visage pour l'attirer vers moi et l'embrasser.

— Ce n'est pas ça, c'est juste que...

Il s'assit à califourchon sur ma taille, me saisit délicatement les poignets et les immobilisa de chaque côté de ma tête. J'adorais me sentir prisonnière de lui. Être prisonnière signifiait être en sécurité.

— Dis-moi.

Je cambrai la poitrine, voulant davantage de ses caresses, car la position dans laquelle il m'avait placée m'excitait.

— Dis-moi tout ce qui te fait peur. Mettons tout sur la table, afin que nous sachions à quoi nous en tenir.

J'hésitai. Je ne savais pas si mes peurs avaient un nom ou si elles étaient même rationnelles.

— Je commence, dit-il. J'ai peur que le truc du loup te fasse flipper. Que tu décides que ce n'est pas pour toi. J'ai peur que tu trouves ça trop difficile d'être avec moi et Remy.

Il détourna le regard pendant une seconde, puis le reporta sur moi.

— Et... j'ai peur que Remy soit blessée. Qu'elle s'attache à toi, et que si ça ne marche pas, ça lui brise le cœur encore plus que le fait de ne pas avoir une mère qui lui a brisé le cœur.

Il semblait réaliser que c'était un moment pour de la douceur car il lâcha mes poignets et me laissa passer mes bras autour de son cou pour le serrer contre moi.

C'était plus facile de parler avec mes lèvres contre son cou et mon visage caché.

— J'ai peur... Je ne sais pas... J'ai peur d'être impulsive ou irrationnelle. Que si ça ne marche pas, les gens me jugeront pour m'être précipitée. Je sais que c'est stupide de se soucier de ce que pensent les autres, mais...

Son pouce caressa ma joue.

— Ce n'est pas stupide. Je comprends. Quoi d'autre ? Je veux entendre toutes tes inquiétudes.

— D'accord...

Tout à coup, ce qui était une prise de décision difficile était devenu un jeu auquel nous jouions tous
ensemble.

Wes fit en sorte que nous soyons assis côte à côte,
face à face, puis s'assura que la couverture recouvrait
bien notre peau nue.

— Et si tu me piégeais ?

Je ris de l'absurdité de cette idée. Je connaissais Rob
et Boyd Wolf et la plupart des gars du ranch depuis
toujours.

Wes était l'un de leurs amis. Ce n'était pas un
inconnu qui essayait de me séduire avec des intentions
cachées. Mais le simple fait de le dire à voix haute dissi-
pait toute ombre d'inquiétude que je pouvais avoir.

Wes rit aussi.

— Je te piège *sans aucun doute*. Je veux avoir accès à
toutes tes magnifiques poteries et les garder pour moi.

Je ne pus m'empêcher de rire à nouveau.

— Et si tu étais un pervers narcissique qui m'attire
avec du sexe torride et tes talents de bricoleur jusqu'à ce
que je sois piégée, puis que tu commences à me
contrôler et à me manipuler ?

En prononçant ces mots, je savais que c'était quelque
chose d'impossible. Je l'avais vu avec sa fille. Ce n'était
pas un pervers narcissique. Il était tout le contraire.

Il ne semblait pas vexé.

— Tu as d'autres choses en tête ?

Je laissai mon esprit vagabonder vers la pire des peurs. Peut-être la chose dont toutes les femmes de la planète devaient se méfier.

— Et si tu devenais violent, et que je me retrouvais enfermée dans une secte de loups dont je ne pourrais plus m'échapper ?

Wes se figea, les yeux écarquillés.

— Putain, Joy. C'est vraiment effrayant ton truc.

Il ne dit rien et ne fit aucun geste pour me rassurer. Il laissa simplement cette peur flotter entre nous avant qu'elle ne s'évanouisse par la fenêtre.

Puis il dit prudemment :

— La violence peut exister dans les communautés de loups, tout comme chez les humains. Mais je n'ai jamais entendu parler de cela dans le cadre d'une union prédestinée. Mon corps est littéralement programmé pour te satisfaire. Ton plaisir est le mien. Ta survie est la mienne. Tes larmes apaisent instantanément mon agressivité si je les ai provoquées, ou l'attisent si quelqu'un d'autre l'a fait. Je suis né pour t'aimer. Je ne laisserai jamais personne te faire de mal. Je mourrais pour te protéger. Je vivrai pour te satisfaire, sexuellement, émotionnellement et physiquement. Et si un jour, te satisfaire signifiait te laisser partir–si jamais tu voulais ta liberté, ma douce–je te laisserais faire. Même si cela devait me tuer.

L'intensité du moment était telle que j'avais l'impression que ma poitrine allait exploser. Je ne voulais ni pleurer, ni rire, encore moins laisser sortir ce sentiment. Je me contentais de le garder dans mon cœur. Dans ma poitrine. C'était le sentiment d'être vulnérable avec un homme. D'apprendre à faire confiance à quelqu'un d'autre pour prendre soin de mes besoins alors que les gens m'avaient déçue par le passé.

Était-ce vraiment ce qui me faisait peur ? Être blessée par celui en qui j'avais désormais le plus confiance ?

Et puis, comme nous étions en toute franchise, je décidai de partager ces pensées à voix haute.

Les larmes me montèrent aux yeux.

— Je crois que ce qui me fait vraiment peur, c'est la même chose que ce que tu crains pour Remy. Le mariage de mes parents n'a pas fonctionné, et ça a été douloureux pour nous trois. J'ai peur d'apprendre à faire confiance et d'être blessée. Je sais ce que cela fait pour un enfant, et je ne voudrais pas que Remy vive cela.

Wes appuya son front contre le mien.

— Je suppose qu'il n'y a aucune garantie, n'est-ce pas ? C'est ce que je ressens tous les jours pour Remy. J'aime tellement cette enfant et si quelque chose lui arrivait, si je la perdais pour une raison ou une autre, je ne sais pas si je pourrais continuer à vivre.

Wes cligna des yeux, comme si ses yeux le piquaient. Je me demandais s'il pensait à sa fuite de tout à l'heure.

Une larme coula sur ma joue, mais je m'en moquais. Je n'avais pas besoin de retenir mes larmes ni ma douleur. Nous affrontions ensemble nos plus grandes peurs.

*Ensemble.*

— Je veux tout ce dont tu as parlé, dis-je avec certitude.

Il n'y avait aucune garantie. Même si nous vivions ensemble dans un « bonheur éternel » parfait, l'un de nous mourrait le premier. L'autre aurait le cœur brisé. C'était le cours inévitable de la vie. Nous avions tous un cœur qui pouvait être brisé, et nous allions tous mourir. Rien ne pouvait nous protéger de ces deux choses, et plus nous essayions de les empêcher, moins nous vivions. Moins nous aimions. Moins nous profitions de la vie qui nous avait été donnée.

— Je veux être avec toi, dit Wes.

Son sexe se durcit contre mon ventre et ses yeux brillèrent d'un éclat vert, mais il attendit. Je pouvais voir le désir briller dans son regard, mais il ne se jeta pas sur moi.

— On peut revenir à la partie où tu me maintiens au sol et où tu me dévores avec avidité ? demandai-je.

Le sourire de Wes était radieux.

C'était la chose la plus éblouissante au monde.

Cela me procurait un plaisir intense, car c'était moi qui en étais la cause. J'étais la source de sa joie.

À une vitesse fulgurante, il me retourna sur le dos et me tint à nouveau les poignets au-dessus de la tête.

— Maintenant, tu es dans le pétrin, petite humaine, grogna-t-il.

Je me tortillais sous lui, parcourue de frissons de désir.

— Montre-moi un peu à quel point, ajoutai-je pour le taquiner davantage.

## 26

WES

J<small>E NE POUVAIS PLUS ATTENDRE</small> une seconde de plus pour la faire mienne. Je baissai la tête et pris un téton de Joy en bouche tandis que je faisais rouler l'autre entre mon pouce et mon index. Mon loup était déjà affamé. Mes dents s'étaient aiguisées. Ma queue palpitait.

Son parfum nous enveloppait. Sous moi, elle était douce, chaude, somptueuse. Elle était en sécurité. Protégée. Choyée. Je lui avais fait des promesses, il était temps de lui prouver avec des actes.

Mais j'allais prendre mon temps. Il s'agissait de donner, pas de prendre. J'allais montrer à Joy ce qu'elle pouvait attendre de moi. Pour lui donner du plaisir, je lui consacrerais toute mon attention, tout mon temps, toute ma concentration, tout mon amour.

Bon sang, nous ne nous étions même pas dit que nous nous aimions. C'était probablement plus important pour elle, en tant qu'humaine, que d'entendre que je voulais la marquer.

Je commençai donc là où j'en étais. Les paroles n'étaient pas mon fort, mais Joy avait besoin de m'entendre dire ces mots. Je devais lui donner tout mon être, même les aspects difficiles. Je commençai par quelque chose de facile.

— J'adore ce téton, dis-je, avant de passer à l'autre. Et j'adore celui-ci.

Je lui réservai le même traitement, puis descendis ma bouche ouverte le long de son ventre, mordillant son flanc et la faisant rire.

Je suivis le contour de son nombril.

— J'adore ton nombril.

J'embrassai le sommet de sa fente, où je glissai ma langue.

— J'adore ton petit clito.

Je passai le bout de ma langue sur cette petite perle gonflée, puis tournai ma langue autour. Je suivis le contour de ses petites lèvres.

— J'adore cette délicieuse chatte.

Je la pénétrai avec ma langue

— J'adore comme tu mouilles pour moi.

Joy serra les fesses et ses cuisses se refermèrent sur mes oreilles. Elle déversa une nouvelle vague de cyprine sur mon menton.

— Tu es magnifique.

Je relevai la tête pour regarder son visage tandis que je la pénétrais avec deux doigts, mon pouce frottant son clitoris.

Elle frémit sous moi, jouissant dans un mini-orgasme.

— J'adore tes orgasmes.

Je trouvai son point G et le caressai en profondeur.

Elle gémit de plaisir.

— Oui, gémit-elle. S'il te plaît.

— Dis-moi ce dont tu as besoin, Joy.

Sa peau était brûlante, son souffle haletant, son corps docile.

— J'ai besoin... de ta bite.

— Tu veux cette bite ?

Je retirai mes doigts et léchai son jus, puis me mis à genoux. Son goût sur ma langue était divin.

— Oui !

Elle tendit les jambes et accrocha ses pieds derrière mon dos pour tirer mes hanches vers elle.

Je resserrai d'une main l'emprise que j'avais sur ses poignets et, de l'autre, je saisis ma queue pour frotter mon gland contre ses lèvres douces.

— Donne-moi cette grosse bite de loup.

Oh bordel. Joy était aussi douée que moi pour dire des mots coquins. Ça fit gicler un peu de liquide de ma bite.

— Je veux que tu me pénètres.

Mes canines s'abaissèrent, et je rugis comme un loup. Je faillis jouir sur le coup, avant même d'avoir pénétré sa chatte étroite.

— Baise-moi, Wes.

Bon sang, j'allais la *dévorer*. Le désir de la posséder me consumait.

Je la transperçai d'un long coup de reins. Elle haleta lorsque je la pénétrai jusqu'à la garde.

Je me forçai à rester immobile au cas où cela aurait été trop fort pour elle ou si son corps avait besoin d'un peu de temps pour s'adapter.

— Ça te va comme ça, ma belle ?

Elle balança ses hanches pour me faire bouger en elle. Elle était trempée, ce qui me facilitait la tâche.

— Oui. Baise-moi maintenant. Revendique-moi.

Un grognement s'échappa de ma gorge et je commençai à la baiser sérieusement, la pilonnant d'avant en arrière, la pénétrant vite et fort. Le lit cognait contre le mur.

— Oui, gémit-elle en ondulant ses hanches pour venir à ma rencontre. S'il te plaît, Wes.

Putain.

J'étais foutu.

Elle me tuait. Je la tenais par la nuque pour l'empêcher de se cogner sa tête contre la tête de lit pendant que je la pénétrais.

— Oui… oui ! hurla-t-elle.

Je ne pouvais pas attendre davantage. Mon loup était plus que prêt. Je devais la posséder. Je devais la revendiquer comme mienne. Pour toujours.

— Jouis pour moi, chérie, grognai-je.

— Oui Oui ! cria-t-elle.

Je m'enfonçai profondément et jouis, déversant des jets de sperme chaud en elle.

Elle obéit à mon ordre, ses muscles se contractant autour de ma queue, se convulsant sous l'effet de l'intensité de son orgasme. Chaque contraction faisait jaillir plus de sperme de ma queue. Chaque spasme faisait monter davantage de sperme de mes couilles.

L'instinct de plonger mes dents profondément dans sa chair m'aveuglait, mais je me retins. Elle était humaine, elle aurait certainement des cicatrices et pourrait être gravement blessée si je ne faisais pas attention.

Alors que nous approchions tous les deux de la fin de l'orgasme, je me mis à bouger lentement pour lui procurer encore plus de plaisir.

— Où veux-tu que je le fasse ?

Elle eut l'air confuse au début, encore étourdie par l'orgasme.

— Je peux te mordre ?

Elle soutint mon regard et acquiesça, la bouche ouverte comme si elle était excitée. Elle désigna sa poitrine.

Je la pris en coupe.

— Là ?

— Oui.

Ma queue s'allongea en elle. Je dus me contorsionner pour approcher ma tête de son sein, mais j'y parvins.

*Doucement–doucement !* avertis-je mon loup. Juste une petite morsure.

Mes quatre canines enserrèrent le bord supérieur de son sein et s'enfoncèrent dans sa chair. Je jouis à nouveau, frissonnant du plaisir intense de marquer ma compagne. Joy poussa un cri et je m'arrêtai avant d'aller trop loin, enlevant très doucement mes dents de sa chair pour ne pas déchirer ses tissus délicats. Je me retirai, soudain horrifié à l'idée de la douleur qu'elle devait ressentir. Je léchai les blessures, car ma salive favoriserait leur cicatrisation.

Je levai les yeux vers son corps et croisai son regard.

— Ça va ? Merde. Je suis désolé, ça fait très mal ?

Le visage de Joy était rouge, ses yeux brillants. Elle glissa une main entre ses jambes et se frotta le clitoris. Je la regardai, fasciné par ma magnifique compagne qui se donnait un troisième orgasme. Même si du sang coulait des blessures sur sa poitrine, elle ne semblait pas souffrir.

Elle éprouvait du plaisir, tout comme moi.

Alors qu'elle se caressait entre les jambes et haletait, les hanches soulevées du lit, je l'observais et gravais cette image dans ma mémoire, voulant conserver à jamais ce moment incroyable dans ma mémoire.

Quand j'eus la certitude d'avoir tout enregistré, j'écartai ses doigts et baissai la tête. Si ma compagne voulait plus de plaisir, j'étais bien décidé à le lui donner.

*Toute la nuit.*

## 27

JOY

À CAUSE de sa nuit mouvementée, Remy se réveilla tard. Nous aussi. En fait, nous n'avions pas bougé jusqu'à ce qu'elle entre dans notre chambre et grimpe dans notre lit. Elle ne fit aucun commentaire sur le fait que j'avais encore dormi dans le lit de son père ou que nous étions nus. Non, elle parla du tee-shirt de Marina qu'elle portait, disant qu'elle l'adorait et qu'elle voulait le porter toute la journée. L'esprit d'une enfant de quatre ans était si pur et si innocent.

Trente minutes plus tard, Remy et moi étions dehors, sur la terrasse arrière, en train de manger des bols de yaourt avec du muesli et des fruits. J'avais enfilé un vieux short en jean et un débardeur à cause de la chaleur et parce que j'allais passer la majeure partie de la journée à travailler dans mon studio. Remy portait toujours son tee-shirt. Sa « belle robe ».

Wes était à l'intérieur en train de préparer du café.

La porte arrière était ouverte. Le soleil brillait. Les oiseaux chantaient. J'avais l'impression que ma vie était un film de Disney. Peut-être étais-je la princesse dont Remy parlait.

J'avais trouvé mon prince. Je posai ma main sur l'endroit de ma poitrine où Wes m'avait mordue. Mon Dieu, on aurait dit que nous étions dans des pratiques sexuelles perverses. Peut-être que le fait d'être folle d'un mec qui se transformait en loup était le summum de la perversité. Non, c'était le fait que je l'avais laissé me mordre. Me marquer, parce que quand j'avais enfilé mon soutien-gorge plus tôt, j'avais vu les marques rouges laissées par ses morsures. Ça ne faisait pas mal, mais quand j'appuyais dessus, c'était *un peu* douloureux.

Tout comme ma chatte, qui avait été pilonnée, avec ma tête contre la tête de lit.

Les deux me firent sourire.

— J'aime bien ces trucs croquants dans mon « yourt », dit Remy en agitant sa cuillère et en me tirant de mes pensées.

— C'est du granola, répondis-je.

Elle répéta le mot, mais cela ressemblait plutôt à « grola ».

Peu importe.

Un téléphone portable sonna à l'intérieur. Ce n'était pas le mien, et Remy avait quatre ans, donc ça devait être celui de Wes.

— Oui ?

Il avait prononcé ce mot d'un ton bourru et désagréable. Comme s'il savait qui l'appelait et ne se donnait pas la peine de faire bonne figure.

— Quoi ? Pourquoi ?

Je fixai Remy, qui était occupée à manger son petit-déjeuner et qui n'avait même pas remarqué que son père était maintenant de mauvaise humeur.

Je lui tapotai le nez en me levant, et elle gloussa.

Dans la cuisine, Wes était appuyé contre le plan de travail, vêtu d'un jean et d'une chemise à bouton-pression. Je m'approchai de lui et il passa son bras autour de moi.

— J'ai parlé au membre du Conseil des métamorphes de ma région. Il confirme que Remy est bien ma fille, donc je viens la chercher demain matin.

Oh mon Dieu. *Remy était à elle ?* Était-ce Soraya ?

— Tu n'auras pas ma fille, Soraya, grogna-t-il, confirmant mes soupçons.

Il relâcha son emprise et s'éloigna, faisant les cent pas dans la pièce.

Je jetai un coup d'œil par la porte arrière et vis Remy qui parlait joyeusement toute seule. Elle était à genoux près de la table, à moins de trois mètres de moi. Elle était en sécurité.

— *Notre* fille, entendis-je au bout du fil.

— Pourquoi fais-tu ça ? demanda-t-il. Pourquoi *tu fais ça maintenant, bordel ?*

Elle ricana sèchement.

— Parce que tu es avec une humaine.

Je pris une grande inspiration et croisai le regard de Wes.

*À cause de moi.* Soraya voulait sa fille parce qu'elle voulait l'éloigner de moi.

À cause de moi. Tout cela arrivait à cause de moi. J'avais les larmes aux yeux.

Soraya s'était pointée *après la* tempête. Après que j'avais emménagé chez Wes. Les loups étaient possessifs envers leurs compagnons et leurs petits, donc même si elle ne voulait pas de Wes, ma présence devait probablement l'énerver. C'était ma faute. Si j'étais restée chez moi, elle n'aurait jamais su que Wes et moi sortions ensemble.

— Merde, qu'est-ce que ça a à voir avec quoi que ce soit ?

Wes ne jurait pas devant Remy. Je ne l'avais d'ailleurs jamais vraiment entendu jurer. Mais là, c'était clairement un moment où il fallait dire un gros mot. J'avais envie de lui arracher le téléphone des mains et de lui dire quelques mots bien choisis. Mais ça aurait été inutile. Elle avait l'avantage. Je n'étais qu'une simple humaine.

— Je ne laisserai pas ma fille *métamorphe* être *souillée* par une *humaine*. Que va-t-elle lui apprendre ? Comment va-t-elle l'aider à devenir une métamorphe forte et puissante ?

Son regard se posa sur moi, puis sur Remy, qui se tenait près de la porte.

Je fis de même, regardant tour à tour l'un, puis l'autre.

— Comment as-tu pu lui apprendre quoi que ce soit ces quatre dernières années ? rétorqua-t-il.

— Je commence maintenant.

— Tu ne l'emmèneras *pas*.

— Tu vis avec une *humaine*. Je vais l'emmener. J'ai déjà le conseil derrière moi. Je suis sa mère, et il a été convenu que Remington n'était pas dans un environnement où elle pouvait s'épanouir.

Les yeux de Wes s'écarquillèrent et il se tira les cheveux. Il tournait en rond et s'arrêta juste devant la porte arrière, afin de pouvoir fixer son enfant.

C'était bouleversant à voir. D'entendre quelqu'un prêt à lui arracher sa fille. Mon Dieu, il m'avait dit la veille au soir que perdre Remy était sa plus grande peur.

Je ne pouvais pas laisser cela arriver.

— Je serai là demain matin à dix heures. Quelqu'un

du conseil m'accompagnera pour s'assurer que tu te conformes à la décision.

Sur ces mots, l'appel prit fin.

Wes jeta son téléphone sur le plan de travail en granit, qui glissa sur la surface en faisant un bruit métallique.

Soraya était une garce. Je n'aimais pas utiliser ce terme trop souvent, mais comme les jurons, c'était le moment approprié. Les jurons existaient pour permettre une libération émotionnelle. Tout le monde ne pouvait pas être mon ami, je l'acceptais. Mais elle me détestait. Je ne lui avais dit que quelques mots et, dès le premier regard, elle m'avait pris en grippe.

Elle obligeait Wes à choisir entre moi et sa fille.

C'était horrible.

J'avais peur de le toucher ; il semblait prêt à exploser. Comme si son loup avait besoin de sortir pour courir ou se battre ou quelque chose comme ça.

— Elle peut faire ça ? murmurai-je.

Il fixa Remy, se frottant la barbe rousse avec la main.

— Oui, cracha-t-il. Si elle a vraiment impliqué le conseil.

— C'est quoi, le conseil ? demandai-je, mes doigts tremblants se portant à mes lèvres.

— C'est comme un organisme gouvernemental. Des juges, avec des membres des plus grandes meutes de la région. Ils traitent les problèmes internes aux meutes ou les questions qui concernent notre espèce dans son ensemble. Leurs décisions sont sans appel. Les sanctions sont appliquées par les hommes de main. L'un des membres de notre meute est au service du conseil en tant qu'homme de main : chez nous, c'est Johnny.

— Johnny ? demandai-je, stupéfaite. Il a quoi... vingt-deux ans.

Wes acquiesça.

— Avant lui, c'était Clint, mais il a abandonné ce rôle après la naissance de Lily.

— Donc, si elle vient accompagnée d'un membre du conseil, alors...

— Alors ce ne sera pas Johnny. Ce sera quelqu'un qui peut parler au nom du conseil et dont la décision fera loi. Cela signifie qu'elle emmènera Remy, et je ne peux rien faire pour l'en empêcher.

— Emmène-la. Enfuis-toi ! suggérai-je, commençant à paniquer pour eux.

Il n'était pas question qu'il la laisse partir avec cette salope psychopathe.

— Rob devra envoyer Johnny à ma poursuite. Il devra... Wes déglutit péniblement et continua... me tuer, et il sera obligé d'emmener Remy à Soraya.

— Quoi ? Tout ça à cause de *moi* ?

Le visage de Wes se crispa et prit une expression dangereuse.

— Pas à cause de toi. À cause d'*elle*.

— Alors je partirai. On va se séparer. Si je suis le problème, on va m'éliminer de l'équation. Si on n'est plus ensemble, Soraya n'aura plus aucune raison de demander au conseil de nous enlever Remy.

Wes se retourna brusquement vers moi.

— Tu es ma *compagne*, grogna-t-il.

Je pointai la porte arrière et laissai couler mes larmes.

Je déglutis péniblement et tentai de retenir mes sanglots, mais en vain.

Je fis un geste de la main entre nous deux.

— C'est *ta* fille. Nous nous connaissons depuis moins d'une semaine. Ce... ... ce n'est pas suffisant. Je ne laisserai pas Remy souffrir entre deux parents qui se déchirent comme je l'ai vécu. Et je ne vais certainement pas regarder pendant qu'on te la prend. Je ne veux pas être la raison pour laquelle on vous sépare.

— Non.

Son grognement était féroce. Si je ne lui faisais pas déjà confiance jusqu'au plus profond de moi-même, j'aurais peut-être eu peur.

Je secouai la tête.

— Non. C'est fini. Tu m'as dit hier soir que tu me laisserais partir si je te le demandais. Je te le demande maintenant.

— Joy, supplia-t-il.

— Prends mes affaires qui sont là et jette-les dans

mon jardin. Comme ça, quand ils viendront, ils ne sentiront pas mon odeur.

— Ta maison est criblée de trous !

Ses mains se crispèrent en poings. Je haussai les épaules.

— J'irai chez ma mère.

C'était le dernier endroit où je voulais aller, mais je n'avais pas le choix. Il ne s'agissait pas de moi. Remy méritait d'être avec son père. Elle avait besoin de lui.

Je me rapprochai de lui, l'embrassai sur la joue, puis m'enfuis, les sanglots me serrant la gorge.

Je ne prendrais aucun risque pour elle. Pas même pour l'amour.

## 28

WES

Joy était partie. Elle s'était enfuie par la porte d'entrée. En pleurant.

Mon loup était enragé. Il voulait détruire les murs de ma maison. Tout saccager. Se battre pour elle.

Mais je devais aussi penser à ma fille.

Joy ou Remy.

Soraya me donnait ce choix.

Sauf que Joy avait déjà décidé pour moi.

Mon loup était complètement paniqué par son départ.

Il souffrait. Il hurlait. Il rôdait.

Ma vision passait du loup à l'humain, comme si j'étais sur le point de me transformer spontanément et de combattre la menace qui pesait sur ma louve et ma compagne.

— Papa, j'ai du yourt sur mon t-shirt ! cria Remy en entrant en courant, une cuillère sale et les doigts couverts de yaourt.

Je pris une inspiration brusque et saccadée pour reprendre le contrôle. Je devais mettre mon loup en laisse pour pouvoir réfléchir.

— D'accord, on va te nettoyer.

Ma voix sonnait creux à mes oreilles. Je pris un chiffon humide et l'essuyai, mon corps semblait raide.

Toute la lumière que Joy avait apportée dans ma vie s'était éteinte. Tout était noir, blanc et rouge. J'étais... sans joie.

Littéralement.

— Où est Joy ?

Remy semblait lire dans mes pensées.

Je m'éclaircis la gorge, mais cela ne fit rien pour dissiper la sensation d'un étau qui me serrait la gorge.

— Elle a dû partir.

— Mais elle allait me tresser les cheveux, se plaignit Remy.

*Et elle allait passer sa vie avec moi.*

La rage monta à nouveau en moi.

Comment Soraya avait-elle pu faire ça ? Pourquoi ? Était-ce vraiment à cause de Joy ? Je n'avais pas eu de nouvelles de Johnny, mais auparavant, cela n'avait pas eu d'importance. Maintenant ? C'était vraiment le bordel.

Je pris mon téléphone qui avait glissé derrière le grille-pain.

— Va chercher ta brosse et tes élastiques, je m'en occuperai après avoir passé un coup de fil.

Je la fis pivoter et lui donnai une petite tape sur la tête pour qu'elle se dirige vers la salle de bain.

Puis je composai le numéro de mon alpha.

— Wolf, dit Rob.

— Rob ? Ma voix était rauque. J'ai besoin de ton aide.

J'avais du mal à articuler. J'étais un loup alpha fier.

Je communiquais à peine avec les gars avec qui je travaillais toute la journée. Demander de l'aide n'était pas dans mes habitudes, mais s'il y avait un moment pour le faire, c'était bien maintenant.

— Dis-moi tout.

— La mère de Remy vient demain pour la récupérer. Elle dit qu'elle sera accompagnée d'un membre du conseil pour la soutenir, et qu'ils feront respecter la décision parce que je suis avec une humaine.

— C'est n'importe quoi, grogna Rob.

Ses mots me rassurèrent quelque peu.

— Est-ce qu'il existe des lois régissant la garde ?

— Non. En cas de conflit entre deux clans, la décision revient aux membres du conseil.

Cela ne me rassurait pas du tout.

— Soraya m'a dit que le conseil avait déjà pris une décision. Sans même que j'aie pu donner ma version des faits.

Je l'entendis grogner au bout du fil. Je sentis ses vibrations résonner dans ma poitrine.

— Peut-être qu'elle va faire venir un membre du conseil pour prendre la décision sur place au lieu d'attendre leur prochaine réunion. Ce serait inhabituel, mais si le temps presse, le conseil pourrait envoyer un membre pour résoudre un conflit comme celui-ci.

Merde.

— Tu as marqué ta compagne ? demanda-t-il.

— Oui.

Je dus chasser de mon esprit l'image du visage de ma belle compagne baigné de larmes, car cela me faisait trembler de rage à l'idée qu'on me l'ait enlevée.

— Cela jouera-t-il en ma défaveur ?

— Je ne sais pas.

Des serpents se tordaient dans mon estomac.

— Johnny et moi te soutiendrons lors de la réunion. Nous n'avons pas de représentant au conseil, mais je suis le chef d'une meute puissante dans la région, et quiconque se présentera devra respecter ma présence. Ma meute compte plusieurs mâles accouplés à des humaines. S'ils commencent à nous discriminer pour cette raison, ils auront des problèmes, et je le leur ferai clairement comprendre.

— Merci.

Je n'étais pas seul dans cette situation. Ma nouvelle meute ne m'abandonnerait pas quand j'avais besoin d'elle.

— Quand viennent-ils ? demanda Rob.

— Demain. À dix heures.

— Nous serons là.

— Elle est partie, Alpha, ajoutai-je.

— Qui ?

La question était légitime après la fuite de Remy la nuit précédente. Ma fille avait tendance à s'enfuir, et j'allais devoir m'occuper de ça. Une autre fois.

— Joy. Ma compagne est partie pour ne s'interposer entre moi et ma petite louve.

— Merde. Une chose à la fois. On va s'occuper de Remy, et ensuite tu pourras partir à la recherche de ta compagne. Viens tout de suite au ranch, Johnny et moi t'attendrons dans mon bureau. On va élaborer un plan.

## 29

JOY

— Salut, maman.

Ce soir-là, j'apportai une petite valise chez ma mère.

J'avais essayé de travailler dans mon atelier, je m'étais forcée parce que j'avais besoin de faire beaucoup de pièces pour remplacer les pots cassés, mais j'avais eu du mal à voir mon argile à travers mes larmes.

Et pourtant, je n'étais pas du genre à pleurer.

Je me répétais que c'était idiot de pleurer pour un homme que j'avais rencontré une semaine auparavant.

C'était complètement absurde.

Le fait qu'il habitait juste à côté de chez moi rendait les choses encore plus difficiles. Heureusement, les buissons et une clôture masquaient autant ma vue que mes larmes.

Mais ma poitrine douloureuse me rappelait sans cesse que cela représentait bien plus qu'une semaine de sexe. Wes avait été sincère avec moi. Il croyait que le destin nous avait réunis. Que nous étions faits l'un pour l'autre. Que j'étais « la femme de sa vie ».

Et bon sang, il avait eu l'air d'être l'homme de ma vie.

Surtout à voir à quel point j'avais mal au cœur de le quitter.

Mais je n'allais pas le priver de sa fille. Je tenais trop à lui pour ça. L'idée que Remy parte avec cette horrible femme...

— Joy ? Qu'est-ce qui se passe ?

Ma mère était dans la cuisine, ce qui était bon signe. Elle était en tenue de travail, ce qui signifiait qu'elle s'était levée et était allée au bureau.

Il semblait vraiment que la visite de Remy lui ait fait du bien. Cela l'avait sortie de sa torpeur. Les enfants avaient cet effet-là. On ne pouvait pas se complaire dans son malheur quand un petit être avait besoin de toute votre attention pour survivre.

Remy ferait la même chose pour Wes. Il serait capable de mettre un pied devant l'autre parce que son petit bout de chou de quatre ans était adorable. Non pas que je pensais qu'il allait sombrer dans la dépression sans moi, surtout après seulement quelques jours.

Même s'il avait eu l'air anéanti quand je lui avais dit au revoir. Ou peut-être était-ce parce que sa fille allait lui être arrachée.

Moi, en revanche ? Je ne savais pas comment j'allais continuer à vivre en étant voisine de l'homme que j'aimais.

Oui, je l'*aimais*.

Cela semblait idiot de dire cela à propos de quelqu'un que je venais de rencontrer, mais mon cœur ne pouvait pas être aussi brisé si je n'étais pas follement amoureuse de Wes.

J'avais eu une ou deux aventures dans le passé. Ça n'avait rien eu à voir.

— Salut, dis-je à ma mère en posant ma valise dans le couloir. Je vais rester ici jusqu'à ce que mon toit soit réparé. Ça te va ?

— Bien sûr, ma chérie ! répondit-elle joyeusement. Je serai ravie de t'avoir ici. Mais je croyais que tu allais loger chez Wes ?

Ma mère m'observa avec intérêt lorsqu'elle se tourna vers moi.

Elle était enthousiaste pour moi après sa rencontre avec Wes et Remy. Pleine d'espoir, pour la première fois depuis longtemps.

J'étais sur le point de briser ses rêves.

Elle n'aurait finalement pas d'adorables petits-enfants roux.

Peut-être que je ne devais pas lui dire tout de suite. J'aimais bien cette version d'elle, et je ne voulais pas être la cause de sa déprime.

Mais son front se plissa d'inquiétude lorsqu'elle me regarda.

— Il s'est passé quelque chose, n'est-ce pas ? Vous vous êtes disputés ? Ça avait l'air d'un homme si bien. Respectueux et tout.

Mes épaules s'affaissèrent et mes yeux se remplirent à nouveau de larmes. Je n'allais pas pouvoir lui cacher. Je ne pouvais pas être joyeuse pour elle ce soir. Je n'arrivais même pas à me contrôler.

Je m'effondrai sur une chaise de cuisine, vaincue, soupirai, puis reniflai.

— On ne s'est pas disputés. Mais on a rompu.

Ses yeux s'écarquillèrent.

— Pourquoi rompre sans vous disputer ?

— Lui et la mère de Remy sont en pleine bataille pour la garde, et ça augmentera ses chances de garder Remy si je ne fais pas partie de leur vie.

Elle resta bouche bée, sous le choc.

— Quoi ? C'est absurde. Ta présence rend son foyer encore plus stable ! Ce n'est pas comme si tu étais une criminelle ou une toxicomane.

Je pris ma tête entre mes mains, les coudes posés sur la table.

— Je ne veux pas en parler, maman.

Je *ne pouvais pas* en parler. Pas sans expliquer toute l'histoire des loups, un secret que Wes–et tous les autres membres de la meute–ne voulaient pas voir divulgué.

Maman s'assit à côté de moi et me frotta les omoplates, comme elle le faisait quand j'étais enfant.

— Ma chérie, dit-elle d'une voix apaisante. Je suis vraiment désolée. Je vois bien que tu tiens beaucoup à eux deux. Et j'avoue que je les aimais beaucoup aussi. Remy est... eh bien, elle me fait beaucoup penser à toi. Brillante et intelligente. Et très active aussi.

Des larmes coulaient sur mes mains alors même que je riais.

— Je les adore tous les deux, oui, dis-je.

Elle pencha la tête.

— Alors, peux-tu m'aider à comprendre ? Wes t'a-t-il demandé de partir ?

Je secouai la tête.

— Non, mais son ex ne veut pas que je m'approche de Remy. Elle l'a dit très clairement. Je... Je la dérange, je suppose. Ce sera plus facile pour eux de régler leurs problèmes si je ne fais pas partie de l'équation.

— Mais tu *fais partie* de l'équation.

La voix de ma mère était douce, mais ferme, et elle posa sa main sur la mienne.

— Maman, tu n'aides pas, rétorquai-je sèchement, avant de le regretter immédiatement.

Ma mère se leva et m'embrassa sur le sommet du

crâne. Je l'entendis s'affairer dans la cuisine pour préparer le dîner.

— Je suis désolée.

J'essuyai mes larmes et me levai pour l'aider.

Elle tendit la main.

— Assieds-toi, ma chérie. Je m'occupe du dîner.

— Non, je préfère me rendre utile.

Je mis la table et nous servis deux verres d'eau glacée.

— Tu n'as pas besoin d'être forte tout le temps, dit ma mère après un moment, sans me regarder.

Cela ressemblait à quelque chose que Wes aurait dit, ce qui me fit mal au cœur.

— Je sais que tu as endossé trop de responsabilités quand tu étais petite, après le divorce, poursuivit-elle. J'avais tellement de mal à fonctionner avec ma dépression. Tu as sacrifié ton adolescence pour moi.

Waouh. C'était un aveu de taille.

J'étais abasourdie par ses paroles, les serviettes dans les mains.

— Non, maman. On était toutes les deux dans le même bateau.

Elle se détourna du plan de travail pour me faire face.

— Nous n'aurions pas dû être dans le même bateau. C'était moi l'adulte. J'aurais dû être là pour toi, mais c'était l'inverse.

Les paroles de ma mère ne firent qu'augmenter ma douleur. Mon Dieu, pourquoi me faisait-elle ça maintenant ? J'étais incapable de panser ses blessures alors que j'arrivais à peine à arrêter de saigner moi-même.

— Joy... tu te sacrifies pour tout le monde.

Elle s'approcha de moi, prit les serviettes et les posa sur la table. Puis elle me prit la main.

— Tu dépenses toute ton énergie à rendre les autres heureux. À remonter le moral des gens. Le mien, en particulier.

— Et alors ? rétorquai-je d'une voix rauque.

Je ne comprenais vraiment pas pourquoi nous discutions de mes défauts à ce moment-là.

Elle me serra la main.

— Alors je veux que tu sois égoïste pour une fois.

— Maman, ce n'est pas le moment d'être égoïste ! répliquai-je fermement. Je te l'ai dit, je suis le problème pour son ex. Je dois m'éloigner de cette situation.

— C'est peut-être vrai, dit-elle d'une voix douce. Mais je vois ma fille en larmes, ce qui me fait comprendre qu'elle n'est pas heureuse du choix qu'elle a fait. Je pense simplement que parfois, quand on croit qu'il n'y a que deux choix possibles, il faut peut-être chercher une troisième option. Je sais que ce n'est peut-être pas à moi de te dire ça, que je devrais d'abord me le dire à moi-même. Tu ne crois pas ?

Je laissai échapper un petit rire triste.

— Je... J'ai suivi ton conseil et j'ai dit à Clyde que j'étais disponible pour prendre un verre ce week-end.

Ma mère me lança un regard timide et légèrement gêné, puis retourna à la cuisinière pour terminer de préparer les légumes sautés.

Je levai la tête.

— Quoi ? Tu l'as fait ? C'est génial. Il est amoureux de toi depuis toujours, et je suis contente que tu lui donnes enfin une chance. C'est vraiment cool !

Elle servit le repas dans deux bols et les posa sur la table.

— Je l'aime bien, mais j'ai peur. Je suis prête à essayer, malgré tout. Et comment ça se passerait si tu décidais de te battre pour garder Wes ? demanda ma mère doucement.

Nous nous assîmes, je pris ma fourchette et remuai mon assiette, mais je ne pouvais rien avaler. J'avais l'estomac noué.

Je voyais bien qu'elle ne voulait pas parler davantage de son rendez-vous avec Clyde, et je ne voulais pas insister. Il fallait y aller petit à petit avec elle, même si elle vivait actuellement une période heureuse. Nous revînmes donc à ma vie amoureuse–ou plutôt à mon absence de vie amoureuse.

Je sentais un nœud dans mon estomac

— Je ne peux pas, dis-je d'une voix empreinte de désespoir.

J'avais l'impression qu'un poids énorme pesait sur mes épaules.

— Tu ne sais pas comment faire pour que ça marche. Mais continue à te poser des questions. Quelles autres possibilités s'offrent à toi à part rompre avec lui ? Tu n'as pas besoin de répondre. Je veux juste que tu y réfléchisses. Réfléchis à un moyen d'obtenir ce que tu veux, pour une fois.

Je laissai les larmes couler librement sur mon visage. Peut-être que ma mère avait raison. Je n'en savais rien. Mais je savais que j'appréciais ses efforts pour m'aider. C'était agréable qu'elle se comporte comme une mère pour une fois. C'était agréable de sentir son amour et son soutien. C'était agréable qu'elle soit celle qui me sorte de ma déprime. Du moins, qu'elle essaie.

Je me levai, sans avoir touché à mon assiette.

— Merci, maman. Je vais aller me blottir sous ma couette et pleurer un bon coup.

L'ancienne moi ne se serait même pas accordé ce luxe. Mais ne pas se sacrifier, c'était aussi accepter de ressentir ses émotions.

Et à ce moment-là, je ne ressentais que du chagrin.

## 30

WES

J'AVAIS TRÈS MAL DORMI. Ma compagne n'était pas à mes côtés et mon loup était furieux. Impatient. Joy avait raison sur un point.

Remy passait avant tout. Toujours.

Je devais m'occuper de Soraya une bonne fois pour toutes, puis je pourrais me rendre chez Mme Wallace et récupérer ma compagne. Même si cela signifiait la jeter sur mon épaule.

Je n'avais aucun moyen de récupérer Joy sans m'occuper de mon ex. Ça allait être compliqué. Je ne connaissais pas le membre du conseil qu'elle amenait, et elle avait de solides arguments.

— Tout va bien se passer, me dit Rob alors que je lui remplissais machinalement sa tasse de café.

Johnny et lui étaient là depuis une heure, passant en revue toutes les informations que Johnny avait recueillies, et il y en avait beaucoup. Nous attendions dans la cuisine. Moi, impatiemment. Je n'avais pas de membre du conseil pour me soutenir dans cette affaire, mais un alpha puissant et un homme de main et ils étaient les bienvenus. Tout comme les informations que nous avions découvertes la veille.

— Je te le dis tout de suite, Alpha, dis-je. Si on décide qu'elle aura la garde de Remy, je m'enfuirai.

Rob m'étudia, puis acquiesça. Je ne savais pas s'il était d'accord ou s'il avait simplement entendu et compris.

Peut-être avait-il plus confiance que moi en cette petite *réunion*. Il n'avait pas d'enfant en jeu.

Johnny, d'habitude joyeux et souriant, était assis silencieusement à table. Il travaillait sur son ordinateur portable et tapait activement sur le clavier. Je me levai pour remplir sa tasse, mais elle était encore pleine.

On sonna à la porte.

Je regardai Rob, puis Johnny.

Le moment était venu. Allais-je garder mon enfant ou non ?

## 31

WES

— Papa, elle est là.

Remy entra en courant dans la cuisine. Elle n'avait pas son grand sourire habituel. En fait, elle avait l'air têtue et déterminée. Si l'enjeu n'avait pas été si important, je me serais inquiété de l'humeur de ma fille, car dans dix ans, elle allait être difficile à gérer.

Je n'avais pas voulu parler de Soraya à Remy, mais au cas où les choses tourneraient mal ce matin, j'avais décidé qu'elle devait savoir ce qui se passait.

Je lui avais dit que Soraya était sa mère biologique, qu'elle n'était pas très douée pour être mère, mais qu'elle voulait réessayer. Je lui avais également dit que je ne laisserais pas cela arriver, si je pouvais l'empêcher.

— Ah oui ? dis-je à Remy, en essayant de paraître beaucoup plus calme que je ne l'étais en réalité.

Elle acquiesça. Ses cheveux avaient été tressés par mes soins. Les tresses étaient bancales, mais je doutais que quelqu'un le remarque, car elle avait décidé de choisir elle-même ses vêtements. Un short rouge, un haut rayé vert et jaune et ses bottes en plastique roses.

Elle plissa son petit nez.

— Oui. Je sens son odeur. Elle sent... le sale.

Johnny éclata de rire. Rob esquissa un sourire, et je ne pus m'empêcher de sourire aussi, car elle avait tout à fait raison.

— Je pense que Remy devrait avoir une place au conseil, dit Johnny en se levant.

Je pris Remy dans mes bras lorsque la sonnette retentit à nouveau.

— Je suppose qu'il faut aller ouvrir, murmurai-je.

Rob acquiesça puis me suivit.

Soraya se tenait sur le perron. Elle portait une robe bleu pâle et des sandales compensées ornées de rubans noués autour des chevilles. Sa tenue était parfaite pour une réunion spirituelle.

À côté d'elle se tenait un homme d'une trentaine d'années. Il avait les cheveux bruns, les yeux noirs et était rasé de près. À en juger par ses vêtements coûteux, sa coupe de cheveux sophistiquée, il devait faire partie d'une grosse meute vivant en ville et... avait-il les ongles manucurés ?

Putain.

Puis, je sentis son parfum. Il se mêlait à celui de Soraya. Était-ce parce qu'ils étaient venus en voiture ? Ou bien couchait-elle avec lui ?

— La voilà, roucoula Soraya d'une voix fausse et trop enjouée. Bonjour, Remington, dit Soraya à Remy.

Remy détourna le visage, se tortilla dans mes bras pour que je la pose par terre et courut vers sa chambre.

J'apprendrais les bonnes manières à mon enfant... avec quelqu'un d'autre.

Je reculai pour laisser passer mes deux invités.

Je ne leur proposai pas de s'asseoir.

Il fallait faire les présentations, alors je dis :

— Voici Rob Wolf, l'alpha de cette région, et Johnny, notre homme de main.

L'homme salua Rob d'un signe de tête, puis Johnny.

— Je m'appelle Tad Parker. Je suis membre du conseil de la meute de Soraya.

— Nous ne sommes pas ici pour nous faire des amis. Nous sommes ici pour que je récupère Remington, dit Soraya. J'espère que vous avez fait ses valises. Nous avons un vol dans quelques heures et nous n'avons pas le temps de traîner.

— Attendez un peu. J'aimerais entendre le membre

du conseil nous faire part de ses conclusions sur ce chan-gement dans les droits parentaux.

Rob utilisa un ton autoritaire qui nous fit tous sursau-ter. C'était une autorité qui obligeait à se taire et à écouter.

Il croisa les bras sur sa poitrine, indiquant qu'il ne fallait pas le contrarier.

Nous étions debout dans mon salon. Je n'avais proposé ni chaise ni café à quiconque. C'était gênant et inconfortable, mais je n'allais pas faciliter les choses ni jouer les gentils.

Parker–parce qu'il était hors de question que je l'ap-pelle *Tad*–s'éclaircit la gorge :

— Soraya m'a signalé que son enfant vivait avec une humaine.

Soraya et Parker reniflèrent, puis reniflèrent à nouveau.

Je ne doutais pas que la maison sentait encore l'odeur de Joy. Même si j'avais pris une douche et enfilé des vêtements propres depuis que je l'avais vue, son parfum flottait encore dans cette pièce.

— Il n'y a pas de couples humain/métamorphe dans votre meute ? demanda Rob.

— Les autres couples ne sont pas le sujet ici, ajouta Tad.

— Il y a beaucoup de couples mixtes dans notre meute. Même avec des enfants. Il n'y a pas de loi dans la meute ni même de consensus pour dire que ce n'est pas acceptable.

— Je ne veux pas manquer de respect à ta meute, Alpha, mais Soraya veut ce qu'il y a de mieux pour son enfant.

— Tu m'as bien manqué de respect, Parker, dit Rob d'une voix menaçante. Fais attention. Wes a trouvé et marqué sa compagne prédestinée.

Le regard surpris de Soraya se posa sur moi.

C'était vrai. Joy n'était pas une humaine quelconque que j'avais invitée à dormir chez moi. C'était ma seule et unique compagne. La femme que la nature m'avait destinée.

— Cette union est solidement établie, poursuivit Rob. Elle est permanente. Rien ne peut se mettre en travers du destin.

Parker était peut-être membre du conseil, mais ce n'était pas un alpha.

— Tad a rendu son verdict : Remington doit vivre avec moi, sa mère, à l'abri de toute *contamination*.

— Vous avez des preuves ? demanda Johnny en tendant la main.

Parker soupira, fouilla dans sa poche et lui tendit un bout de papier.

Johnny le lut puis le passa à Rob.

Après l'avoir examiné attentivement, Rob le rendit à Parker. Je n'avais pas besoin de le voir.

— C'est intéressant, Parker, pourquoi Soraya s'inté-resse-t-elle autant à sa fille maintenant, alors qu'elle n'a pas donné signe de vie depuis trois semaines après sa naissance ?

— Je voudrais bien le savoir aussi.

Je croisai les bras sur ma poitrine, imitant Rob.

— Il n'y a pas de délai de prescription pour être une bonne mère, dit Soraya.

— Non, il n'y en a pas, acquiesçai-je en lui lançant un regard appuyé.

— Vous voyez, il est d'accord, dit Parker en pointant son doigt dans ma direction.

— J'ai approuvé sa déclaration, rétorquai-je. Sa déclaration n'indique pas qu'elle est, personnellement, une bonne mère.

Les yeux verts de Soraya se plissèrent et elle prit un air meurtrier.

— Elle vient avec moi. Tu ne peux pas m'en empê-cher. Si tu essaies, il y a un membre du conseil, un alpha et un exécuteur ici pour témoigner de ce qui, nous en conviendrons tous, est contraire aux règles de la meute.

— Pas de ma meute, grogna Rob. Et tu es sur le terri-toire de ma meute.

— Je suis membre du *conseil*, rétorqua Parker.

Les membres du conseil formaient le gouvernement des métamorphes. Ils étaient les juges de notre espèce. Ils étaient au-dessus des alphas.

— Ton conseil ne règne pas sur ce territoire, continua Rob.

— Je savais que tu allais sortir ce genre de conneries, s'énerva Soraya.

C'était à mon tour de la fusiller du regard pour la mettre au pied du mur. Je détestais cette femme. J'aurais voulu ne jamais avoir posé les yeux sur elle, encore moins l'avoir baisée, mais elle m'avait donné Remy, et à cause de cela, je n'aurais rien changé.

— C'est pour ça que je me suis arrêtée au bureau du shérif avant de venir, lâcha Soraya. Aux forces de l'ordre *humaines*. J'ai porté plainte contre toi pour l'enlèvement de ma fille. Ils devraient arriver d'une minute à l'autre pour t'arrêter et me rendre la garde.

JOY

Aujourd'hui, je ne me sentais pas mieux que la nuit dernière, après avoir pleuré toutes les larmes de mon corps avant de m'endormir, mais je n'étais pas ma mère.

Je n'allais pas rester au lit, la tête sous les couvertures, pendant des jours et des jours.

Je me traînai donc hors du lit et me rendis chez moi et à mon atelier pour travailler sur un plateau destiné à remplacer celui qui s'était cassé.

Il y avait un camion et une voiture inhabituels garés devant la maison de Wes.

Soraya devait être là-bas pour réclamer son droit à la garde de Remy.

Mon Dieu, je devais faire appel à toute ma

volonté pour ne pas courir là-bas et le soutenir. Pour lui dire à quel point Wes était un père merveilleux. À quel point il aimait Remy. Qu'elle était tout pour lui.

Mais je ne ferais qu'empirer les choses. Je ne ferais que nuire à sa cause.

Je me perchai donc sur mon tabouret devant ma table de peinture. Un pinceau dans une main, le plateau cuit dans l'autre. Il était temps de le vernir, ainsi que les quelques autres objets qui étaient prêts, avant de les passer une dernière fois au four.

— Joy !

Je me tournai brusquement vers la petite voix de Remy.

Elle courut vers moi et s'enroula autour de mes jambes dans une étreinte maladroite. Je posai mes affaires et la serrai dans mes bras. Ma poitrine se serra comme si un bandeau étroit était enroulé autour de mes côtes.

— Qu'est-ce que tu fais ici ? lui demandai-je.

Cela ne faisait qu'une journée, mais elle m'avait manqué.

— Ton père sait que tu es ici ?

Elle secoua la tête contre mes cuisses. Je la pris dans mes bras et la posai sur la table. Une de ses bottes tomba et rebondit sur le sol en béton.

— Ma chérie, tu n'as pas le droit d'être ici sans la

permission de ton père. Tu te souviens comme il avait eu peur la dernière fois ?

— La dame qui sent mauvais est là, dit-elle en m'interrompant.

Ah oui. Je levai les yeux, mais je ne pouvais pas voir la maison de Wes à travers le mur du garage. Essayaient-ils de prendre Remy ? Se cachait-elle ici ?

— Soraya ?

Je ne savais pas si Wes lui avait dit que c'était sa mère. Les yeux de Remy se remplirent de larmes.

— Oui. Elle dit que je dois partir avec elle. Tu dois venir leur dire que tu es ma vraie maman et que je n'ai pas besoin d'elle.

Oh là, là. Instantanément, les larmes me montèrent aux yeux.

— Ce n'est pas comme ça que ça marche, ma chérie. C'est ta maman.

Remy secoua la tête, les yeux remplis de larmes.

— CE N'EST PAS VRAI ! cria-t-elle. JE NE VEUX PAS ALLER AVEC ELLE !

Je la comprenais parfaitement. Si elle avait besoin de piquer une crise, c'était le moment.

— Ton papa va tout arranger. Ne t'inquiète pas.

Il prouverait à Soraya que lui et moi n'étions pas ensemble. Comment, je n'en avais aucune idée, mais il le ferait. C'était un père et un protecteur formidable.

— Je veux rester ici avec toi, dit-elle en pleurant.

Je secouai la tête.

— Non. Ton papa va te punir pour être partie sans rien dire à personne. Il faut qu'on te ramène avant qu'il ne s'inquiète.

J'allais l'accompagner jusqu'à sa terrasse arrière et m'assurer qu'elle rentre bien à l'intérieur. Je n'osais pas laisser une enfant de quatre ans rentrer seule chez elle, même si la distance entre les deux maisons n'était que de dix mètres. De plus, Remy avait la très mauvaise habitude, très dangereuse d'ailleurs, de s'enfuir. Je ne lui faisais pas confiance, car elle était bouleversée et pouvait se blesser.

Je la pris dans mes bras, la remis sur ses pieds, lui remis sa botte et lui saisis la main.

— Viens, allons-y avant que ton père s'inquiète.

Ce que je faisais pour cette enfant ! Mon Dieu, je ne voulais pas revoir Wes. Je ne voulais surtout pas lui gâcher la vie. Voir Remy était déjà assez difficile. Et la lui retourner ? Ça me brisait le cœur. Mais Wes allait vraiment paniquer s'il ne la trouvait pas. Il avait déjà assez de soucis comme ça. Je pouvais au moins la ramener saine et sauve. Ça lui ferait un poids en moins sur ses larges épaules sexy.

Alors que je montais sur la terrasse arrière avec Remy, j'entendis les voix graves de Wes et peut-être celle de Rob Wolf, ainsi que le ton acerbe de Soraya.

— ...compagne ou pas, c'est une humaine. Je ne veux pas que mon enfant grandisse dans un foyer mixte.

Le nœud dans mon estomac se resserra jusqu'à atteindre des proportions épiques.

*Pourvu que Wes remporte cette bataille.*

— Rentre à l'intérieur, murmurai-je à Remy.

Mais l'enfant refusait de lâcher ma main, fondant en larmes et enroulant ses petits bras autour de ma jambe.

Aïe. Je ne voulais pas interrompre leur réunion.

— Le conseil n'aime pas séparer les enfants de leurs parents, dit un homme. Wes, tu pourrais peut-être retourner...

— Je ne quitterai pas ma compagne, explosa Wes.

— Tu vois ?

Remy leva son visage rougi vers moi. Mon nez était en feu.

— Joy est humaine, c'est vrai. Elle est humaine, et elle est parfaite. Elle est plus rayonnante que le soleil, elle apporte bonheur et amour à tous ceux qu'elle touche.

Ma gorge se serra.

Wes semblait lui aussi avoir la gorge serrée.

— Elle est parfaite pour moi, et elle est parfaite pour Remy. Elle *aime* Remy. Elle l'aime tellement qu'elle était prête à nous quitter à cause de toi, pour que je puisse garder ma petite fille.

J'avais les yeux remplis de larmes.

— Non !

Remy se précipita vers la porte arrière et l'ouvrit brusquement.

— C'est ma *vraie* maman, déclara-t-elle d'une voix forte à l'intention de tous ceux qui se trouvaient dans la pièce, en faisant un geste vers moi avant que je puisse disparaître. Et vous pouvez pas la faire partir !

## 33

WES

Joy. Elle était là.

Putain, ma compagne était là.

Mon loup hurla de joie.

Je m'avançai rapidement pour prendre Remy dans mes bras, puis je me dirigeai vers Joy et la serrai contre moi. J'embrassai son front, juste devant son chignon en bataille. Elle sentait le soleil et elle sentait bon l'odeur de ma compagne.

— Je suis désolée, commença-t-elle à dire. Je ne voulais pas m'interposer...

— Non. Personne ne fera partir Joy, dis-je en l'interrompant.

Elle n'avait *rien* à se reprocher.

— Et *personne* ne nous enlèvera Remy, dis-je en prenant un ton autoritaire.

Joy ne le sentit pas, mais un frisson parcourut le corps de Remy et Soraya se figea.

— Nous verrons bien ce que les flics ont à dire à ce sujet, dit-elle lorsqu'elle eut repris ses esprits.

— Tu me fais perdre mon temps, dit Rob à Parker. Mon homme de main a des informations à partager, si le membre du conseil veut bien écouter.

Le regard que Rob lui lança lui indiqua qu'il n'avait pas le choix. Et c'était bien le cas. Les membres du conseil devaient entendre les deux versions d'un litige.

— Très bien, concéda Parker.

Soraya soupira et tapota le sol du pied.

Johnny s'avança.

— Je te présente mes condoléances, Soraya, pour le décès de ton père la semaine dernière.

Parker tourna brusquement la tête vers Soraya.

— Je tiens également à te présenter mes condoléances concernant le fait que tu ne recevras pas un centime de sa fortune colossale alors qu'il était le propriétaire de Stanton Oil. Le testament stipule que sa petite-fille, Remington Sparks, est l'unique héritière de Martin Stanton.

Johnny avait déniché cette information après mon appel de la veille. Son réseau de contacts dans le milieu avait bien fonctionné. Putain, Dieu merci.

C'était donc la véritable raison pour laquelle Soraya avait soudainement débarqué pour récupérer Remy. Elle voulait mettre la main sur cet argent. Lorsque nous avions appris ce détail hier, j'avais été à la fois soulagé et furieux. Quelle garce manipulatrice et sans cœur.

— Est-ce que c'est vrai ? demanda Parker à Soraya.

Si les regards pouvaient tuer, nous serions tous morts sous le regard féroce de Soraya.

— Oui, grogna-t-elle presque. Et alors ?

— C'est intéressant, Parker, qu'une mère qui ne s'est jamais intéressée à son enfant se manifeste soudainement lorsqu'il devient milliardaire.

## 34

JOY

MILLIARDAIRE ? Bon sang.

Tout s'expliquait. Mon Dieu, j'étais triste que cet homme soit mort, mais tout léguer à Remy ? Il avait dû l'aimer ou détester sa fille. Peut-être les deux.

Johnny se passa la main dans la nuque.

— J'ai aussi recueilli quelques anecdotes sur vos relations, disons, votre vie commune. Je pense qu'on peut tous dire qu'on la sent sur toi.

Mes yeux sortirent de leurs orbites. Soraya et, à en juger par ses vêtements et son apparence, le faux baroudeur, étaient ensemble ? Je ne sentais rien, mais je n'étais qu'une *humaine*.

Le type se dandina, mal à l'aise, Soraya pinça les

lèvres et fit une grimace très peu flatteuse.

Puis elle se rapprocha de moi et me donna un coup dans la poitrine.

— Toi. Tu ne profiteras pas de mon héritage ! Je te tuerai avant que cela n'arrive.

Mes yeux s'écarquillèrent de surprise.

Wes m'éloigna de Soraya et me plaça derrière lui. Comme si elle devrait lui passer dessus pour m'atteindre.

— Ma compagne n'a *rien à voir* avec tes manigances et tes intrigues.

— Parker, je n'ai jamais vu cette femme de ma vie, commença à dire Rob en parlant de Soraya, mais je vais te donner un conseil. Tu ferais mieux de rompre tout lien avec elle dès maintenant. Si ton document repose sur ses talents de fellatrice, alors ton rôle au sein du conseil n'est pas la seule chose dont tu dois t'inquiéter.

Le type, Parker, pâlit et regarda Soraya comme pour déterminer si la fellation en valait vraiment la peine.

— Oui, Alpha, dit-il, puis il prit ses jambes à son cou et... s'enfuit.

Droit vers la porte.

Bon sang.

Je pouvais deviner ce qu'était un alpha. Rob dégageait une autorité tranquille. Une puissance. Mais chaque fois que j'avais rencontré Rob Wolf, il avait été très cool. Bien sûr, il n'avait jamais dirigé son attitude

alpha vers moi. Mais voir ce type se dégonfler et littéralement s'enfuir...

Impressionnant.

Soraya n'était pas aussi maligne. Elle restait là, les
mains sur les hanches, et elle réussissait à la fois à
sourire narquoisement et à lancer un regard noir.

On frappa à la porte encore ouverte.

Soraya sourit.

— Bien, le shérif est là. Tout va s'arranger
maintenant.

## 35

WES

POUR LA PREMIÈRE fois depuis plus de vingt-quatre heures, je pouvais enfin respirer.

Ma compagne était à mes côtés. Le membre du conseil était parti.

Il ne nous restait plus qu'à nous occuper du shérif, et avec un peu de chance...

Le shérif adjoint, Kyle Abbott, entra, suivi du shérif de Cooper Valley, Levi, qui était également un métamorphe, un membre de ma meute et un ami.

Je pris un malin plaisir à voir le petit sourire satisfait de Soraya s'effacer lorsqu'elle sentit l'odeur de Levi.

*C'est ça, garce. Le shérif de Cooper Valley est un loup.*

Joy ne le savait pas, cependant, et elle s'avança pour les arrêter en tendant la main.

— Shérif, adjoint, je ne sais pas ce que cette femme vous a dit, mais ce ne sont que des mensonges.

Levi ôta son chapeau et observa Joy.

— Je suis au courant.

Soraya resta bouche bée devant ses paroles.

Kyle Abbott, l'adjoint du shérif, était un humain, mais sa fille, Riley, était la compagne de Cody, l'un des membres de notre meute. Il connaissait notre secret et le gardait bien.

Quelle que soit l'histoire que Soraya avait racontée, elle avait dû la raconter à Kyle, car elle ne pouvait pas savoir qu'il était lié à la meute. Elle avait voulu monter un humain contre nous, mais elle avait choisi la mauvaise personne. De toute évidence, Kyle était allé parler de la plainte à Levi, et ils avaient compris toute l'histoire.

Et ils n'avaient pas cru un mot de ce qu'elle avait dit. Dieu merci.

Kyle regarda Soraya.

— Madame, savez-vous que c'est un délit de faire une fausse déclaration à la police ?

Je sentais le désespoir émaner de Soraya. Elle pointa un doigt dans ma direction.

— Il a enlevé ma fille quand elle était bébé. Je viens

juste de la retrouver, et j'exige que vous l'arrêtiez ! dit-elle d'une voix stridente.

Kyle Abbott appuya son épaule contre le cadre de ma porte dans une posture décontractée.

— Rappelez-moi, dit-il lentement, quelle est la peine encourue pour une fausse déclaration à un agent de la paix dans le Montana, shérif ?

— Jusqu'à six mois de prison dans la prison du comté, répondit Levi.

La lèvre supérieure de Soraya se retroussa.

— Une prison ne pourrait pas me retenir.

Il fit un pas menaçant vers elle et ajouta :

— Non, probablement pas, intervint Johnny. C'est là que j'interviens. En tant qu'*homme de main.*

Les hommes de main chargés de faire respecter les décisions du conseil appliquaient les peines prononcées. Comme les prisons humaines ne pouvaient pas accueillir les membres de notre espèce, ces peines étaient généralement la peine capitale. Johnny était peut-être jeune, mais il avait vu plus de morts que moi, même sur le circuit de rodéo.

Cette menace fit son effet. Soraya se précipita vers la porte, heurtant Kyle au passage.

— Je te suggère, dis-je en jetant un coup d'œil au doux visage de Remy, d'arrêter de traumatiser ta fille en menaçant de l'arracher à sa famille aimante.

Je jetai un coup d'œil à Joy pour m'assurer qu'elle

était d'accord. Que nous formions une famille, tous les trois.

Comme toujours, ses lèvres parfaites esquissèrent un sourire.

— Si tu veux qu'elle trouve un jour dans son cœur la force de te donner une part de son héritage, ajoutai-je.

La carotte et le bâton.

Le regard nerveux de Soraya passa du visage de Remy au mien, puis à celui de Johnny.

— Remy, maman t'aime, dit-elle.

— Oh, par pitié, marmonna Joy en levant les yeux au ciel.

Remy tendit les bras vers Joy, et je la tendis à ma compagne.

— Joy, c'est ma maman.

— Je sais. Mais je suis ton autre maman. Et je t'aime très fort.

Soraya avait retenu ma suggestion.

— D'accord, byeeee, intervint Joy.

Soraya jeta un coup d'œil à Kyle, qui prit son temps pour s'écarter du seuil de la porte afin de la laisser passer.

— Maman viendra te rendre visite très souvent, d'accord, mon bébé ?

— Byeeeee, imita Remy en copiant Joy.

Levi et Rob lâchèrent un rire. Ce n'était probablement pas l'expression la plus appropriée à apprendre, mais comme presque tout ce que font les enfants de quatre ans, c'était sacrément mignon.

Soraya sortit et Kyle referma la porte derrière elle.

— Byeeee, dit-il. Je pense que c'est la dernière fois qu'on la verra.

Rob acquiesça en souriant.

— Je suis d'accord.

Remy se mit à rire.

Joy aussi.

Puis, incroyablement, je me surpris à rire moi aussi.

C'était fini.

Remy était toujours là. Joy aussi.

Tout le désespoir écrasant de la veille avait disparu. Même le poids et la solitude auxquels j'étais habitué depuis quatre ans, depuis que je subvenais seul aux besoins de notre famille de deux personnes, s'étaient envolés.

J'avais tout ce que je pouvais désirer.

J'étais comblé.

## 36

JOY

Un sourire narquois se dessina sur ses lèvres. Il souriait plus souvent maintenant. C'était vraiment quelque chose auquel j'allais m'habituer.

— Tu n'as pas été sage. Tu m'as brisé le cœur hier.

Wes me saisit les poignets et les attacha à la tête de lit avec un large ruban rose. Je ne savais pas d'où il venait, mais je soupçonnais que c'était l'un des rubans que Remy utilisait dans ses cheveux.

Elle dormait, et j'étais nue.

Les yeux de Wes brillaient d'un éclat vert. Le désir vorace se lisait sur chaque trait de son visage, mais il m'acheva en disant :

— Je vais prendre une douche, et tu vas attendre ici et réfléchir à quel point tu as été une vilaine fille.

Ma bouche s'ouvrit et je tirai sur mes poignets. C'était un *ruban,* et je pouvais m'échapper si j'essayais vraiment. Mais je ne voulais pas.

— Une vilaine fille ? protestai-je.

Il avait passé la journée à me dire à quel point j'étais formidable. À quel point cela comptait pour lui que je sois venue le soutenir et que je sois prête à sacrifier mes propres désirs et mon bonheur pour lui.

Nous avions passé toute la journée à nous serrer dans les bras les uns des autres, tous les trois.

Et maintenant, j'étais une *vilaine fille* ?

— Je ne pense pas, lui répondis-je.

— Quand tu es partie, j'ai pris une décision. Et je veux être sûr que tu vas en assumer les conséquences, pour que cela ne se reproduise plus.

La façon sexy dont il avait prononcé le mot « *consé-quences* » m'avait fait comprendre qu'il avait en tête une punition très sexy.

Du genre fessée, probablement.

Je me tortillai impatiemment. J'avais besoin qu'il me touche tout de suite.

Mais ce crétin se dirigea d'un pas nonchalant vers la salle de bain attenante.

Je fixai le plafond et soupirai. Alors que je commen-çais à me sentir ridicule–j'étais attachée par un ruban, nue, les fesses à l'air, sans aucune perspective de plaisir sexy–la douche s'arrêta. Wes sortit et se tint devant le lit pour se sécher.

Bon sang, des gouttelettes d'eau coulaient le long de son corps, et il les essuyait. Je suivis sa main et la petite serviette à motif de fraises–la même que celle de notre première rencontre–qui parcourait son torse parfait.

Cette fois-ci, il bandait. Sa bite était grosse. Longue. Épaisse. Rien que pour moi.

— Qu'est-ce que ça t'a fait quand je suis parti ? demanda-t-il en frottant sa tête mouillée avec la serviette.

Ma bouche s'ouvrit. Puis se referma. Puis s'ouvrit à nouveau.

— Tu... tu es allé prendre une douche pour que je sache ce que ça fait quand quelqu'un te quitte ?

Il haussa les épaules.

— J'aurais préféré que tu sois avec moi.

Je tirai sur le ruban.

— C'est la faute de qui ? rétorquai-je.

Je n'étais plus contente.

— Wes, laisse-moi me lever.

Il sentit que les choses avaient changé et se pencha pour défaire le nœud. Dès que je fus libre, je me mis à genoux, afin que nous soyons face à face. Moi sur le lit, lui debout devant moi.

Nous étions tous les deux nus. Il était temps de se dévoiler davantage.

— Je suis désolée si je t'ai fait du mal, mais je ne me mettrai jamais entre toi et Remy. Jamais.

Il grogna.

— Je sais. Je t'aime encore plus pour ça.

Mes yeux se remplirent de larmes. Il tendit la main et essuya une larme qui coulait sur ma joue.

— Nous n'avons jamais été séparés. Tu ne le savais pas, mais je n'ai jamais considéré que tu étais partie. Tu avais raison, je devais m'occuper de Remy d'abord, mais ensuite, j'allais venir te chercher.

Mes yeux s'écarquillèrent.

— Vraiment ?

— Oui, tu es à moi. Tu es ma compagne. Ma partenaire. Mon âme sœur.

— Wes, murmurai-je.

Bon, j'étais à nouveau heureuse. Je posai mes doigts à l'endroit où il m'avait mordue. Non, *marqué*. Il y avait une petite croûte, mais ça ne faisait pas mal.

— C'est à cause de ça ?

— Oui.

— Parce que ça t'a forcé à revenir ?

Il fronça les sourcils.

— Non. Parce que cette marque signifie que nous sommes liés pour toujours. Rien ne pourra nous séparer.

Rien ne pourra briser ce que nous avons choisi de former.

— Oh. Je t'aime aussi. C'est pour cette raison que je voulais cette marque.

— Maintenant, tu veux bien m'embrasser, ou quoi ? demanda-t-il.

Je ne pus m'empêcher de sourire, puis de rire aux éclats.

— Maintenant, tu peux me donner une fessée parce que je n'ai pas été sage.

Je me retournai et me mis à quatre pattes. Jetant un coup d'œil par-dessus mon épaule, je regardai Wes.

—Je suis prête à assumer les conséquences.

## 37

WES

JOY AIMAIT que je sois autoritaire, alors je laissais libre cours à mon côté dominant. J'étais prêt à lui faire à nouveau une démonstration.

Je saisis un oreiller et le jetai au milieu du lit.

— Allonge-toi dessus. Je veux voir ton joli cul en l'air.

Joy obéit en ondulant des hanches.

— Putain, c'est magnifique.

Je lui donnai une claque sur une fesse, puis regardai l'empreinte de ma main s'imprimer sur sa peau pâle. Ma bite bandait comme jamais à cette vue.

— Tu es tellement belle.

Je lui tirai les poignets derrière le dos et les attachai ensemble avec le ruban.

— Tu es prête pour ta fessée ?

— Oui, monsieur.

Je gloussai, cette sensation encore étrange dans ma poitrine. Mais cela arrivait de plus en plus souvent désormais. Joy était entrée dans ma vie et avait allumé une lumière. Je n'avais pas réalisé que j'avais essayé de fonctionner dans le noir pendant tout ce temps. Alors que je pouvais vivre la même vie, suivre le même chemin, mais être cinq cents fois plus heureux qu'avant. Je n'avais même pas su que cela était possible.

— *Monsieur...* j'aime ça, grognai-je.

Je lui donnai une petite tape un peu plus forte sur son autre fesse.

Elle poussa un cri, puis regarda par-dessus son épaule du mieux qu'elle pouvait, avec les bras attachés dans le dos.

— Merci, monsieur, je peux en avoir une autre ?

Elle avait un air coquin. J'aimais qu'elle soit si décomplexée avec moi, qu'elle ne cache rien d'elle-même.

Cette fois-ci, je ne pus m'empêcher d'éclater de rire. Elle était trop craquante. Elle me remplissait le cœur d'une telle chaleur que j'avais l'impression qu'il allait exploser.

— C'est bien, ma petite coquine.

Je lui donnai une autre fessée.

— Je croyais que j'étais une vilaine fille, dit-elle d'un ton impertinent en remuant les hanches.

— Oh, maintenant tu cherches les ennuis.

Je lui donnai une série de claques sur les fesses relevées, en me concentrant sur la partie inférieure où elle était assise. Elle se tortillait sur l'oreiller en poussant des gémissements. L'odeur de son excitation fit que ma bite se raidit et se dressa encore plus.

Je m'arrêtai et lui dis :

— Je vais baiser ce magnifique cul ce soir et te montrer qui commande.

J'attendis de voir comment elle réagissait à cette déclaration. Il était évident que je ne ferais jamais rien qui la mette mal à l'aise.

Elle gémit.

Je me penchai vers elle et lui mordillai l'oreille.

— Je veux tout de toi. Tu te donneras à moi de toutes les manières possibles ?

— Wes, oh oui.

J'interprétais cela comme un consentement et continuai.

— Tu es une gentille fille.

Je ne pus m'empêcher de la féliciter.

Je glissai mes doigts entre ses jambes et frottai son délicieux nectar autour de son clitoris.

Elle écarta davantage les jambes.

Je continuai à lui donner encore quelques fessées,

rendant ses fesses sexy encore plus rouges. Elle haleta et gémit. Je compris que cela devenait trop intense lors-qu'elle commença à s'éloigner de ma main, et j'arrêtai pour la frotter et apaiser la douleur.

— Quelle gentille fille.

Je la récompensai en replaçant mes doigts entre ses jambes.

— Tu es toujours une gentille fille, même lorsque tu te conduis comme une vilaine fille, lui dis-je.

Car ce n'était clairement pas une véritable punition.

C'était une source de plaisir pour nous deux.

Elle était ma compagne, celle pour qui j'avais un besoin biologique profond de satisfaire, et ma compagne aimait que je la commande.

Je passai mes pouces à l'intérieur de ses cuisses et les écartai largement, repoussant ses fesses rougies pour glisser ma langue entre ses jambes.

Elle poussa un cri, se cambrant de plaisir au premier contact de ma langue. Je la torturai ainsi, plongeant entre ses lèvres, la pénétrant du bout de ma langue.

Ma queue palpitait, implorant de la pénétrer. Je m'agenouillai derrière elle et frottai mon gland contre sa chatte ruisselante, poussant doucement contre sa fente. Elle était si humide et accueillante que je m'enfonçai sans difficulté. Putain, c'était bon. Serré. Humide. Chaud.

Mon gémissement se mêla à son doux cri de plaisir. Je soulevai ses hanches pour la mettre à genoux, puis je déplaçai l'oreiller sous sa poitrine. Ses poignets étaient toujours attachés derrière son dos, et je glissai mes paumes le long de son corps jusqu'à ses hanches pour les saisir.

— Mmm.

La sensation de glisser dans son vagin m'envoya dans une autre galaxie. Je continuai lentement, savourant la façon dont elle serrait mon sexe quand je la pénétrais profondément. Son souffle coupé. Les frissons dans ses jambes.

— Mmm, gémit-elle en retour.

Nous étions en parfaite synchronisation. Moi donnant. Elle recevant. Ou était-ce plutôt l'inverse : elle me donnait son corps magnifique, et je le recevais ? Pour moi, c'était une boucle d'harmonie parfaite. Nos corps engagés dans un acte d'amour. L'incarnation du destin.

Chaque fois que nous nous unissions ainsi, c'était encore mieux.

Je n'allais pas la laisser jouir. Pas encore. Nous avions d'autres choses à explorer ce soir. Nous avions été endiablés par le passé, notre désir aveuglant tout. Maintenant, nous avions tout le temps du monde.

Je ralentis mes mouvements, les rendant plus langoureux.

Elle poussa ses hanches en arrière, essayant de m'encourager à aller plus en profondeur.

— Wes, gémit-elle.

Je me retirai.

Elle gémit.

Je lui donnai une tape sur les fesses.

— Reste là, ma jolie.

— Tu ferais mieux de ne pas prendre une autre douche, me taquina-t-elle.

Je ris. Merde. Troisième fois. Cette femme allait me faire changer de personnalité.

Je pris une bouteille de lubrifiant que j'avais achetée cet après-midi pour les festivités de ce soir et l'ouvris.

— Ça va être un peu froid, l'avertis-je.

De retour au lit, j'écartai ses fesses et y déposai une noisette de lubrifiant.

— Ooh !

Son anus se contracta en réponse à cette sensation soudaine.

— Tu as déjà pris quelqu'un ici ?

Je frottai mon pouce sur son orifice, faisant pénétrer le lubrifiant. Je n'étais pas sûr de vouloir connaître la réponse.

— Non.

Putain, merci. Oui, c'était mal de ma part d'être aussi possessif envers cette partie d'elle, de m'accaparer son corps, mais j'étais un foutu loup.

Pour une humaine, j'étais un alpha dans l'âme.

J'appliquai une légère pression, pénétrant son anus

et l'élargissant pour y glisser mon pouce. Lentement, prudemment, je m'y employai.

— Tu es nerveuse ?

Un frisson la parcourut.

— Un peu.

— Je vais prendre soin de toi, ma beauté. Je vais te faire du bien. Tu me fais confiance ?

Je retirai mon pouce et massai ses fesses, les serrant et les frottant. Je sentais la chaleur de cette chair pulpeuse contre mes paumes.

— Oui.

— C'est bien.

Je lui détachai les poignets et me penchai pour l'embrasser, enfonçant ma langue profondément dans sa bouche.

Elle gémit contre mes lèvres.

Je replaçai ses hanches sur les oreillers, car cette position plus basse était plus facile pour la sodomie. Ainsi, les tissus n'étaient pas trop étirés, contrairement à ce qui aurait été le cas si je l'avais laissée à genoux, et je voulais que cette première fois soit aussi agréable que possible pour elle.

— Mets tes doigts entre tes jambes, ma chérie. Je veux que tu te caresses pendant que je te sodomise.

Joy s'exécuta, soulevant ses hanches pour glisser sa main entre ses cuisses pendant que je lubrifiais ma queue. La regarder était un spectacle magnifique. À un autre moment, je m'assirais dans mon fauteuil et je la regarderais se caresser et jouir dans notre lit.

J'écartai ses fesses pour atteindre son anus. Je l'effleurai du bout de ma queue.

Instinctivement, elle se crispa.

J'attendis.

— Détends-toi, ma douce, murmurai-je. Ça va te faire du bien.

Sa rosette se détendit lorsqu'elle expira.

— Respire profondément, puis pousse vers moi.

Elle obéit, et je pénétrai en elle doucement.

— Oh ! s'écria-t-elle.

Au début, je restai immobile pour la laisser s'habituer. C'était déjà tellement serré que j'aurais pu jouir comme ça.

Quand son corps se détendit encore plus, je bougeai lentement, laissant l'anneau de muscles serré s'ouvrir sans insister. Sans créer de tension ni de résistance.

— C'est ça, ma belle. Encore un peu, et le gland sera passé, et tu vas adorer la sensation.

Elle se raidit, alors je m'immobilisai.

Des gouttes de sueur perlaient sur mon front, et je gardai volontairement mes doigts détendus sur ses hanches.

— C'est toi qui contrôles. Pousse quand tu es prête.

Elle fit exactement cela, et la partie la plus épaisse de ma queue glissa tout doucement en elle.

Putain de merde.

— C'est bon ? demandai-je en serrant les dents.

Elle gémit. J'entendais le bruit de ses doigts qui jouaient avec sa chatte.

— C'est bien. Continue à caresser ta chatte toute trempée pendant que je m'occupe de ton cul, lui dis-je.

— Oui, monsieur.

Putain, elle était adorable. Même si je l'avais déjà marquée, je voulais la dévorer. La consumer. Elle était incroyable.

Je bougeais lentement en elle, en gardant des mouvements réguliers et rectilignes. À mesure que je continuais, ses gémissements devinrent plus forts. Son dos se cambrait davantage.

— S'il te plaît, Wes, gémit-elle.

— S'il te plaît, quoi, beauté ?

Je pensais qu'elle en voulait plus d'après le ton lascif de sa voix, mais je voulais en être sûr.

— J'ai besoin de jouir.

— D'accord, ma belle. Je vais te baiser un peu plus vite, mais je ferai attention à toi, d'accord ?

— Oui.

J'adorais le gémissement implorant dans sa voix.

J'accélérai le rythme, laissant mon plaisir monter en flèche. Mes couilles se contractèrent. J'abaissai mes hanches pour aller à la rencontre des siennes, afin de ne pas aller trop vite ou trop fort. Je glissai mes doigts sous ses hanches pour les entrelacer avec les siens entre ses jambes.

Elle était trempée, sa chatte si gonflée et ouverte que deux de mes doigts s'y enfoncèrent immédiatement.

— Oui, oui ! cria-t-elle.

Je lui pilonnai le cul en pressant la paume de ma main contre son clitoris et remuant mes doigts à l'intérieur de sa chatte.

— Mon Dieu, oui ! S'il te plaît, Wes ! S'il te plaît !

Mes yeux roulèrent dans leurs orbites. Je savais qu'ils brillaient. Mon loup n'en avait jamais assez de notre compagne. Je me laissai basculer au-delà du point de non-retour. Je plongeai profondément dans son cul et jouis.

— Jouis pour moi, ma belle, grognai-je, en passant mes doigts entre ses jambes.

Son corps tremblait. Sa peau était recouverte de sueur. Elle était brûlante au toucher.

Elle hurla en jouissant, sa chatte se contractant autour de mes doigts, qu'elle enfonçait plus profondément avec les siens. Nos hanches se soulevèrent à l'unisson.

Des feux d'artifice éclatèrent derrière mes yeux. L'odeur de Joy m'enveloppait. Je mordis son épaule, pas comme une morsure d'accouplement, pas assez pour la blesser, mais par besoin de la posséder entièrement, de toutes les manières possibles.

Je serais toujours aussi avide de ma compagne. Cela ne s'arrêterait jamais.

Lorsque notre plaisir fut complètement épuisé et que nous eûmes repris notre souffle, je me retirai.

— Reste là, ma toute douce. Je reviens, murmurai-je contre sa nuque.

— Mmmm, gémit-elle.

Je me rendis dans la salle de bain pour me laver les mains et prendre un gant de toilette chaud et humide, puis je revins m'occuper de ma compagne. Elle était détendue et docile, les yeux fermés. Un sourire se dessinait sur ses lèvres.

Je jetai le gant de toilette sur le sol et la fis rouler sur le côté, retirant l'oreiller de sous ses hanches.

Je tirai un drap sur nous et enroulai mon corps plus imposant autour du sien.

— Tu es à moi, murmurai-je à son oreille.

Elle se pressait doucement contre moi.

— Oui, murmura-t-elle en penchant la tête pour embrasser mon avant-bras.

— Je suis à toi.

— Moi aussi, je t'aime., lui dis-je en l'embrassant et en lui mordillant l'épaule. Les loups s'accouplent instinctivement. Je savais que tu étais ma compagne grâce à ton odeur, mais toutes les émotions humaines sont là aussi, Joy. Je veux que tu le saches.

Elle se retourna dans mes bras pour se retrouver face

à moi. Ses yeux bleus croisèrent les miens. Ils étaient sereins et satisfaits, et je ne pouvais manquer de remarquer son bonheur.

— Je t'aime aussi, Wes.

Je l'embrassai tendrement cette fois, en lui caressant la joue avec ma main.

— Je n'arrive pas à croire que je vais passer le reste de ma vie avec toi.

Elle m'embrassa à son tour.

Puis ses yeux se remplirent de larmes.

— Moi non plus. Je n'arrive pas à croire que je vais être maman !

Je me figeai. Nous n'avions pas parlé du fait qu'elle allait aussi s'occuper de Remy.

— Ça te va ? C'est trop ? On peut y aller doucement.

Elle secoua la tête, ses cheveux en bataille glissant sur ma peau.

— Non, je veux m'investir à fond. Remy est à moi. Elle l'a su dès le début, on dirait.

J'y réfléchis un instant, réalisant qu'elle avait perçu une aptitude de ma petite louve avant moi.

Je m'en souvenais avec admiration.

— Tu as raison. Elle a dit que tu sentais bon la première fois qu'elle t'a rencontrée. Puis elle a dit qu'elle savait que tu étais humaine, mais que tu étais une bonne sorte d'humaine.

Quelqu'un de bien, sans aucun doute.

— Nous sommes faits pour être ensemble, dit Joy doucement. Toi, moi et Remy.

— Pour toujours et à jamais.

— Tu m'appartiens pour toujours, dit-elle, ce qui me fit me sentir plus grand qu'une montagne.

Je la serrai contre moi pour qu'elle puisse poser sa tête sur mon épaule et se blottir contre moi pour s'endormir.

— Tu es incroyable.

## 38

JOY

— JE CROIS qu'elle veut quelqu'un pour veiller au grain,
dis-je à Wes alors que nous roulions vers la maison de
ma mère.

Quatre jours s'étaient écoulés depuis la confrontation
avec Soraya, et les choses avaient repris leur cours
normal. Le quotidien d'une famille de trois personnes.
Les journées étaient occupées par Remy et ma poterie, et
les nuits se passaient au lit avec Wes à faire l'amour. À
discuter. À apprendre à se connaître.

Remy n'avait pas mentionné sa mère. Pas une seule
fois. Tout ce qu'elle savait, c'était qu'elle était partie, et
cela semblait lui suffire.

— Si ce type n'est pas quelqu'un de bien, prépare-toi

à ce que je le mette à la porte, marmonna Wes, les yeux rivés sur la route.

Je souris en voyant à quel point il était protecteur envers ma mère. Elle avait appelé la veille pour nous inviter à dîner. À dîner avec *Clyde*. Apparemment, leur rendez-vous s'était bien passé, et ils en étaient à leur deuxième sortie.

Avec nous et une fillette de quatre ans dans leurs pattes.

Je trouvais ça mignon. Contrairement à Wes, je connaissais Clyde depuis longtemps et je m'inquiétais pas du fait qu'il puisse briser le cœur de ma mère. Il l'aimait vraiment.

Aucun homme ne demandait à une femme de sortir avec lui pendant des années s'il n'était pas vraiment intéressé.

— Tu verras ça dans dix ans, dis-je.

Il me jeta un coup d'œil et fronça les sourcils. Je désignai du pouce l'arrière de la voiture où Remy fredonnait.

Wes grogna carrément, comprenant ce que je voulais dire.

— À quatorze ans ? Pas question. Elle pourra sortir avec des garçons quand elle aura vingt ans.

— Et les nuits de pleine lune...

Il freina brusquement et se gara sur le bas-côté, m'empêchant de terminer ma phrase.

Je regardai autour de moi.

— Qu'est-ce qui se passe ? On a percuté quelque chose ?

Il se retourna sur son siège et posa son avant-bras sur le volant.

— Tu veux qu'il y ait d'autres *conséquences* ?

Je déglutis, me souvenant qu'il m'avait fallu deux jours pour que mes fesses cessent de me faire mal la dernière fois, et pourtant, on s'était bien amusés.

— Mes *séquences* n'étaient pas amusantes, grommela Remy depuis le siège arrière. J'ai travaillé au ranch parce que les gens m'ont cherché. Je n'aime pas déménager des pierres.

— Tu n'étais pas censée aimer, dit Wes.

Je me mordis la lèvre. Wes avait décidé que Remy devait être punie pour s'être enfuie, même si ses raisons étaient valables. Elle devait comprendre à quel point elle avait agi de manière imprudente. Il l'avait donc emmenée au ranch avec lui l'autre matin et lui avait demandé de déplacer des pierres de la taille d'une balle de softball, qui n'étaient pas trop lourdes, et de les empiler près d'un peuplier. Elle avait ensuite dû les remettre à leur place. Marina l'avait aidée pendant un moment. Puis Johnny. Ce n'était pas du travail forcé, loin de là, mais pour une petite fille, cela semblait énorme. Cependant, nécessaire.

Cela lui avait pris trente minutes, mais Wes lui avait dit que c'était le temps que tout le monde avait perdu lorsqu'elle s'était enfuie. Elle leur devait bien ça en les aidant.

— Je ne repartirai plus, ajouta-t-elle, au cas où Wes aurait l'intention de lui ajouter encore plus de ramassage de pierres au programme de la journée.

— Bien. Tu pourras dire à Mme Wallace que tu peux avoir une cerise supplémentaire dans ton jus.

— Youpi ! Qu'est-ce qu'on attend alors ? demanda-t-elle.

— Oui, qu'est-ce qu'on attend ? répétai-je en essayant de prendre un air angélique et innocent.

Wes nous regarda toutes les deux, puis leva les yeux au ciel.

— Les femmes...

Avant que Wes ait eu le temps de remettre le contact, son portable sonna. Le son provenait du tableau de bord.

— Bonjour, Wes. C'est Levi.

Pendant un instant, je paniquai, pensant qu'il allait m'annoncer le retour de Soraya. Je m'agrippai à la main de Wes.

— Je suis dans ma camionnette avec les filles, répondit Wes, probablement pour avertir le shérif qu'il y avait une fillette de quatre ans aux grandes oreilles. Particulièrement grandes, car les métamorphes étaient censés avoir une ouïe très fine.

— Je ne te retiens pas. Je voulais juste te dire que j'ai

travaillé avec Selena Jenkins. Les papiers ont été rédigés comme tu le souhaitais.

Selena Jenkins était avocate, mais aussi métamorphe. Levi m'avait dit qu'elle avait aidé les membres de leur meute par le passé. Les papiers offraient à Soraya une somme d'argent en échange de l'abandon de tous ses droits de garde sur Remy. Wes aurait la garde exclusive. De façon permanente. La somme était énorme pour une artiste pas tout à fait affamée comme moi, mais pas pour un milliardaire.

J'avais le sentiment qu'il aurait payé n'importe quel prix pour que Soraya s'en aille et ne revienne jamais.

— Et ?

— Et tout est signé, répondit Levi. Félicitations.

Wes soupira, puis sourit.

— Merci.

C'était fini. Soraya était partie. Elle avait obtenu ce qu'elle voulait : de l'argent. Wes avait la garantie qu'elle ne pourrait jamais lui enlever Remy.

L'appel prit fin et il reprit la route.

— Tu as bien utilisé cet argent, lui dis-je.

Quand on se retrouve soudainement avec assez d'argent pour acheter une flotte d'avions, il est difficile de savoir par où commencer à le dépenser. Ce que Wes ne semblait pas vouloir faire. Il était satisfait. Remy était heureuse.

C'était tout ce qui comptait.

Il acquiesça.

— Une autre bonne utilisation serait de faire réparer ta maison. Je ne vais pas attendre que l'assurance te rembourse.

Je restai bouche bée.

— Quoi ? Je... Je peux te rembourser.

— Tu veux que je gare encore la camionnette sur le côté ? menaça-t-il.

— Non ! s'écria Remy.

— Wes...

— Nous sommes une famille maintenant, ma belle. Je n'ai pas l'intention d'acheter un yacht et d'y inscrire ton nom, mais je pense que nous pouvons nous permettre de réparer ton toit.

Il avait raison.

— D'accord, acquiesçai-je. Je ne voulais pas vraiment prendre un deuxième emploi chez Cody.

— Plus tu parles, plus la liste des conséquences s'allonge, dit-il d'une voix douce.

— Tu ne voudras pas déménager les pierres ! dit Remy depuis l'arrière, prouvant qu'elle avait entendu.

Nous nous garâmes devant la maison de maman et Wes mit le frein à main.

— Je peux aller demander des cerises supplémentaires maintenant ? demanda Remy.

— Oui, répondit Wes.

Elle détacha elle-même les sangles de son siège auto

et sortit en courant. Elle se précipita vers la maison en laissant la portière grande ouverte.

— Tu ne travailleras pas chez Cody. Je peux subvenir à tes besoins.

Je me tournai vers lui.

— Je ne vais pas rester assise à manger des cerises toute la journée, Wes.

— Je le sais. Je veux que tu te concentres sur ta passion. Ta poterie.

Je penchai la tête.

— Vraiment ?

— Bien sûr.

Je déglutis et baissai les yeux vers nos mains jointes.

— J'ai pensé que je pourrais transformer ma maison en boutique. Peut-être même en coopérative où d'autres artistes pourraient exposer et vendre leurs œuvres.

Je levai les yeux vers Wes, ne sachant pas si c'était une bonne idée.

— Je veux dire, puisque je ne vis plus là-bas.

Il tendit la main, détacha ma ceinture de sécurité et m'attira vers lui par-dessus la console centrale.

— Wes ! m'écriai-je.

Une fois que je fus installée–un peu maladroitement–sur ses genoux, il m'embrassa.

Et m'embrassa encore.

Si nous n'avions pas été chez ma mère, nous serions allés plus loin. Beaucoup plus loin même.

— Mam Wall vous dit d'arrêter de vous embrasser et de rentrer ! cria Remy depuis le perron.

Je regardai Wes, et nous rîmes.

— Vous pouvez faire un petit frère d'abord ? Cassie, à l'école, dit que ses parents ont fait un bébé parce qu'ils s'embrassaient tout le temps.

Mes yeux s'écarquillèrent, puis je ris encore plus fort. Wes plissa les yeux et son regard s'embrasa.

Nous n'avions pas parlé de bébé.

Mais...

Peut-être ?

Pour l'instant, j'étais heureuse. J'étais aimée. J'étais maman. La vie était parfaite.

Et complètement folle. Parce que cette petite fille de quatre ans allait sans aucun doute nous mener la vie dure.

# CONTENU SUPPLÉMENTAIRE

Devinez quoi ? Voici un petit bonus rien que pour vous. Inscrivez-vous à notre liste de diffusion; un bonus spécial réservé à notre abonnés. En vous inscrivant, vous serez aussi informée dès la sortie de notre prochains romans (et vous recevrez un livre en cadeau... waouh !)

Comme toujours... merci d'apprécier mes livres.

http://vanessavaleauthor.com/v/2ky

# OBTENEZ UN LIVRE GRATUIT DE VANESSA VALE !

Abonnez-vous à ma liste de diffusion pour être le premier à connaître les nouveautés, les livres gratuits, les promotions et autres informations de l'auteur.

livresromance.com

# LIVRE GRATUIT DE RENEE ROSE

**Abonnez-vous à la newsletter de Renee**

Abonnez-vous à la newsletter de Renee pour recevoir livre gratuit, des scènes bonus gratuites et pour être averti·e de ses nouvelles parutions !

https://BookHip.com/QQAPBW

## LISTE COMPLÈTE DES LIVRES DE VANESSA VALE EN FRANÇAIS:

http://vanessavaleauthor.com/v/pp

# OUVRAGES DE RENEE ROSE PARUS EN FRANÇAIS

**Alpha Bad Boys**

*La Tentation de l'Alpha*

*Le Danger de l'Alpha*

*Le Trophée de l'Alpha*

*L'Amour dans l'ascenseur (Histoire bonus de La Tentation de l'Alpha)*

**Le Ranch des Loups**

*Brut*

*Fauve*

*Féral*

*Sauvage*

*Féroce*

**Les Nuits de Vegas**

*Roi de carreau*

# À PROPOS DE VANESSA VALE

Vanessa Vale est une auteure à succès présentée dans USA Today. Elle écrit des romans d'amour captivants mettant en scène des mauvais garçons qui ne se contentent pas de simplement tomber sous le charme de leur femme, ils succombent corps et âme à l'amour. Ses livres se sont vendus à plus d'un million d'exemplaires. Elle vit dans l'Ouest américain, c'est là qu'elle puise toujours l'inspiration pour ses romans à venir.

https://vanessavaleauthor.com

# À PROPOS DE RENEE ROSE

RENEE ROSE, AUTEURE DE BEST-SELLERS D'APRÈS USA TODAY, adore les héros alpha dominants qui ne mâchent pas leurs mots ! Elle a vendu plus d'un million d'exemplaires de romans d'amour torrides, plus ou moins coquins (surtout plus). Ses livres ont figuré dans les catégories « Happily Ever After » et « Popsugar » de USA Today. Nommée *Meilleur nouvel auteur érotique* par Eroticon USA en 2013, elle a aussi remporté le prix d'*Auteur favori de science-fiction et d'anthologie* de Spunky and Sassy, celui de *Meilleur roman historique* de The Romance Reviews, et les prix de *Meilleur roman de science-fiction*, *Meilleur roman paranormal*, *Meilleur roman historique*, *Meilleur roman érotique*, *Meilleur roman avec jeux de régression*, *Couple favori* et *Auteur favori* de Spanking Romance Reviews. Elle a fait partie de la liste des meilleures ventes de USA Today cinq fois avec plusieurs anthologies.

**Abonnez-vous à la newsletter de Renee** pour recevoir des scènes bonus gratuites et pour être averti·e de ses nouvelles parutions!

https://www.subscribepage.com/reneerosefr